もふもふと異世界でスローライフを目指します！

Mofumofu to Isekai de Slowlife wo Mezashi masu!

4

★★★

カナデ

Kanade

目次

アディーロ
アリトの従魔となった
美しい鳥。
風を操るのが得意。
レラル
妖精族ケットシーと
魔獣チェンダの血を引く子。
イリン
ティンファの耳を気に入り、
従魔契約を結んだ魔獣。
リアン
アリトと従魔契約を
結んだ魔獣。
イリンの夫。
アリト
日本から異世界アーレンティアに
落ちた『落ち人』で、本作の主人公。
『落ち人』について調べるため
旅に出る。

スノーティア
アリトの従魔となったフェンリル。
もふもふの毛並みは最高。
ティンファ
精霊族の血を引く少女。
しっかり者だが抜けている
ところもある。
CHARACTERS
登場人物
Mofumofu to Isekai de
Slowlife wo Mezashi masu!
Presented by KANADE

第一章　森の集落の人々

第一話　深い森

日本からアーレンティアという異世界に落ちてきた『落ち人』の俺——日比野有仁は、北の辺境地を目指して旅をしている。

落ちてきた際にこの世界に適した身体に変換されたらしく、二十八歳だった俺は髪色や顔などが変わり、今の見た目は十三歳程度の少年だ。

『死の森』に落ちてハイ・エルフのオースト爺さんに助けられた俺は、森で二年ちょっと暮らしても背が伸びず、成長しないことに不安を感じた。

そこで、自分と同じようにこの世界へ来た『落ち人』について調べるために、従魔となってくれたフェンリルのスノーティアと、ウィラールのアディーロとともに旅立ったのだ。

『落ち人』に関する情報は少なかったが、調べていくうちに過去に倉持匠さんという『落ち人』がいたことがわかり、彼の残した手記を見ることができた。

その手記に『落ち人』の手がかりは北の果てにあると書かれていたため、俺も北へ向かうことにした、というわけだ。

道中、妖精族ケットシーと魔獣チェンダの間に生まれたレラルや、精霊族の血を引くティンファ、さらにはリスに似た魔獣のリアンとイリンが仲間に加わり、大分賑(にぎ)やかになった。

エリダナの街を出発し、広大な森の中を奥へ奥へと進む旅は、今のところ順調だ。

リアンとイリンがティンファのそばで周囲を警戒し、危険が迫れば逃げるよう誘導してくれるので、移動や魔物との戦闘がかなり楽になった。

今のところは魔物の不意打ちの気配も察知し、敵が近づく前に余裕を持って移動することができている。

これには、とてもほっとした。背後をさほど気遣う必要がなくなり、戦闘に集中できる。

ティンファと契約を結んでくれたイリンには感謝だ。

さらにリアンとイリンは魔法を使って木の実の採取もしてくれるので、とても助かっている。

『アリト、右前方から魔物が来るの』

俺のそばを進むスノーティア——スノーから警告が入った。

『左にもいるぞ。まだ距離はあるがな』

今度は空を飛んでいるアディーロ——アディーからだ。

警戒しながら慎重に森を進んで一週間が経ったが、魔物の襲撃回数はどんどん増えている。

俺は念話で伝えられたスノーとアディーの警告をティンファに知らせた。

「ティンファ、魔物が来るから」

「はい」

すぐさま戦闘準備に入り、周囲を見回して戦闘に適した場所へと急ぎ移動する。

ティンファはレラルとイリンに任せて下がらせ、太い木の下で気配を殺して待機してもらう。

俺とスノーは、前に出て敵を待ち構えていた。

ほどなくして前方から石が蹴り飛ばされてくると、俺は避けると同時に、後ろのティンファたちに当たらないよう風魔法を使って軌道を変える。

その間に、スノーは風魔法で邪魔な枝を切り裂いて視界を開いてくれた。

俺は獣の魔物の姿を確認し、すぐさま矢を射た。追い風を纏わせて飛んだ一射目が命中したかどうかを確認することなく、次々と連続で矢を放つ。

最初の矢は外れたようだが、二番目の矢は蛇行しながら走り寄る魔物の身体に刺さった。

その矢で動きが止まった一瞬の隙に、スノーの放った風の刃が襲い掛かる。

魔物が倒れたのを確認してから、俺は周囲の気配を探った。

『スノー、他にこちらを襲ってきそうな気配はあるか？　アディーがさっき言っていた左の方の魔物は？』

『んー？　他は今ので逃げていったの。左のはまだ遠いよ』

『じゃあ急いで解体しちゃうから、魔物が近づいてきたらお願いな』

スノーの風の刃で切り裂かれて絶命した魔物を、手早く解体する。

この旅路はずっと森の中で、常に危険と隣り合わせだ。だからその場で解体できる時には、魔法を使って手早く済ませてしまう。

まず風で周囲を覆い、血の匂いで他の魔物が引き寄せられるのを防ぐ。

次に浄化魔法をかけながら血抜きし、腹を切り裂いて内臓を取り出したら、一気に風を使って皮を剥いだ。

骨を外すのは後にして、肉をカバンに入る大きさにブツ切りにし、それと皮に浄化魔法をかけて収納したら終わりだ。

解体している間に、魔物の襲撃を受けることはなかった。

最後に念入りに浄化で地面の血の痕を消してから、移動を再開する。

ちなみに今襲ってきた魔物は中級だったらしく、俺とスノーを見るリアンとイリンの目がキラキラしていた。「強い敵を難なく倒せる、凄い！」ということらしい。

今のところは、戦闘になってもスノーとアディーのおかげで問題なく対処できている。

大勢に囲まれて一斉に襲われるなど、よほどの事態にならない限りは大丈夫だ。

そんな事態も、アディーが空から偵察してくれているので起こるはずがない。

アディーが俺の修業のためにわざと襲撃を教えないのであればありえるかもしれないが、ティンファが一緒の今はその心配もないだろうしな。

『アリト。左の魔物、オークだな。少し後を追ってみたら奴らの集落があった。それと集落を見張るいくつかの人影もあったが、どうする？』

オークがこんな森の奥に集落を作るなんて……。人里近くにあることが多いって聞いたけどな。

でもそれを見張る人がいるってことは、近くに人が住んでいるのか。エルフの集落がこの近くにあるのかな？

『……なあアディー。この周辺に、見張りの人が住むような集落はありそうか？』

『どうだかな。まあ、探るのはいいが。集落へ行く前に、見張りをする者たちに会ったほうがよいのではないか？』

確かにいきなりこんな森の奥にある集落に行ったら、驚いて警戒されるか。エリダナの街を造った英雄キーリエフさん――オースト爺さんの古くからの友人でもある――の名前を出せば大丈夫な気はするけど……。

でもアディーが言うように、やはり見張っている人たちに合流したほうがよさそうだな。

『わかった。じゃあそこまで誘導してくれ』

そう念話で答えたあと、ティンファの方に向き直る。

「ティンファ、皆。この先にオークの集落と、恐らくこの辺りに住んでいるであろう人たちの姿があるってアディーが教えてくれたんだ。その人たちに合流しようと思うんだけど、いいかな」

「オークの集落が……。はい、わかりました」

ティンファや皆の承諾を得て、そのままアディーの先導に従い急いで向かうと、もうすぐ合流、というところで誰何の声が掛かった。

「誰だ!! こんな場所で何をしている」

近くの木の上に人がいるのは察知していたので、その声に素直に止まって答える。

「すみません、俺たちは旅の者です。北の辺境地まで、アルブレド帝国を避けて移動しています。人の気配がしたので、気になって来ました」

「北の辺境地まで? なんでそんな場所へ……。まあアルブレド帝国を避けるのはわかるが。ともかく、そこを動かないでくれ。こちらから向かう」

「はい」

木から下りて、他の人を呼びに行ったらしい。

気配を見送った俺は、横に座ってもらったスノーの背に手を置いてその場で待つ。

『二人いるの。敵意は……ない、かな? でもこっちをかなり警戒しているの』

『ありがとう、スノー。そのままちょっと大人しくしていてな』

そうして待っていると、木々の間から二人の男性エルフがこちらへ歩いてきた。

足音や気配がほとんどしないのは、さすが森で暮らすエルフ、といったところか。

背が高く、恐らく俺の頭がやっと胸元に届くくらいだろう。一人は薄い緑の髪、もう一人は金髪の、スラっと引き締まった身体つきのエルフの戦士たちだった。

「……子供と女、か？　ああ、でも従魔の数が多いな。しかもかなりの強さ、か……。すまん。こんな場所で人に会うことなど、ほとんどないからな」

薄い緑の髪のエルフが、こちらを見定めるように言った。

「いいえ。警戒するのは当然だと思います。俺たちの身元に不安があるようでしたら、エリダナの街のキーリエフ・エルデ・エリダナート様へお問い合わせください。旅に出る前は屋敷で世話になっていましたから」

遠く距離をとって俺たちを見る二人にそう告げると、彼らは目を見張った。

「!?　キーリエフ様の！　失礼した。しかし、旅の者が私たちに何の用だ？」

「俺の従魔が、この先にオークの集落があると教えてくれました。アディー、ちょっと降りてきてくれ」

空へ声を掛けると、すぐに羽音とともに舞い降りてきたアディーがスノーの頭へとまる。

美しい尾羽を舞うようになびかせ、鮮やかな色彩の翼を羽ばたかせて降りてきた姿に、二人とも目を奪われていた。

「も、もしかしてウィラールかっ!?」

すると、黙って警戒していた金髪のエルフの人が驚きの声を上げ、呆然とアディーを見つめる。

アディーは姿をかなり小さく変えているのに、ティンファもすぐに種族を見抜いた。ウィラールの特徴を知っている人が見たら、一発なんだな。

　まあ、森に住むエルフなら、アディーの正体を知っても捕獲しようとはしないだろうけど。

「はい。俺にはもったいない従魔たちです。このウィラールのアディーがオークの集落を見つけてくれたのですが、もし必要なら討伐に協力したいと思いまして。あ、すみません。自己紹介がまだでしたね。俺はアリトと言います。後ろの子はティンファです。まだ成人前なので俺自身はたいして戦力にはなりませんが、従魔たちは頼りになりますよ」

　ゴブリンとオークの集落は、見つけたら殲滅（せんめつ）するか、冒険者ギルドに通報するのが原則だ。奴らは人を襲うため、近くに人里があるならなおさら早く対処しないといけない。

　俺ではそれほど多く倒せないので、殲滅する場合にはほぼスノーとアディーに頼ることになる。だから、近くに人の集落がなければ、ひとまずこのままオークを見逃していたかもしれない。

　でも、集落があるのなら話は別だ。もしこの人たちの集落で殲滅を検討しているのなら、力になりたい。

「……すまない。俺たちはこの近くにある集落に住んでいる。俺はエティー、後ろはジリオスだ。討伐に協力してくれるなら助かる。急ぎの旅でなければ、ぜひ集落に寄っていってくれ」

　薄い緑髪のエルフ——エティーさんがそう言って微笑む。

「ティンファ、彼らの集落に寄ってオークの殲滅に協力してもいいかな？」

「はい、それでいいです。……私では力になれませんが、オークの集落は殲滅しないといけないですから」

後ろを振り返って確認すると、ティンファがこちらを真っすぐに見て頷いた。

久しぶりの、人型の魔物との戦いだ。

……ティンファが襲われていたら、俺は相手が人でも立ち向かえるかな。

まだ人を殺すことも、人型の魔物を殺すのにも嫌悪感はある。だけど守るために必要なら躊躇うべきではない。迷った分だけ、大切な人たちが害されることになる。

そのことを、ティンファを背に庇い旅をしてきて、やっと実感できたのだ。

エリダナの街までの旅では、冒険者のリナさんに精神的に甘えていた部分があったのだろうと今では思う。

まあ、俺はとんだへたれ野郎だって自覚もあるしな。大切な人を守る覚悟を決めたとはいえ、実際に盗賊にあった時、迷わず弓を射ることができるか、といったら別だろうし。

でも、ゴブリンやオークを殲滅することに対しては、やらなければならないことだと踏ん切りがついたから。

「すまない、助かる。では、案内するからついてきてくれ」

エティーさんに促され、俺は頷いた。

「はい。道中の警戒はアディーとこのスノーがしてくれますので、魔物を察知したらお伝えします」

「ありがたい。こっちだ」

エティーさんとジリオスさんの後について西へ歩いていくと、それほど時間が経たないうちに、森の中にひっそりとある集落が見えてきた。

最初はそれが集落だとは気づかなかった。エルフの家は木の上に建てられるとエリダナの街で知ったというのに、木々を見上げてやっとそこが集落だと気づいたのだ。

今いる森の木々は、エリダナの街のように、見上げても天辺が見えないほど高いわけではないが、葉の生い茂る枝が密集して生えていた。

その隣り合った木の枝と枝が重なり合った中程に、足場を組んで家を建ててある。屋根の上にも枝葉が生い茂っているので、空からでも一見集落があるとはわからないだろう。

それは、まさに自然と共存している光景だった。

「凄い……。ここが昔からのエルフの集落、か」

キーリエフさんの話では、エルフの起源は霊山で、そこから麓の森、最近ではさらに街へと移動する者が増えているとのことだった。

「ふふふ。今では街へ出ていく者も多いのだがな。まあ、でもたまには戻ってくる者もいるから、なんとか集落を維持できているんだ。住民はエルフだけじゃなく、戻ってきた者の中には他種族との間に生まれた者もいるし、妖精族や獣人もいる。では集会所へ案内しよう」

ポカンと口を開いて呆然と見上げていたからか、ジリオスさんが微笑んで声を掛けてくれた。

こっちだ、と案内されて、木の陰にあった階段を上る。

恐らくわざと斜めに木を植えたのだろう。交差した枝を土台に板が敷かれ、その上に小さめの一戸建ての集会所と広場があった。

「ここで待っていてくれ。長を連れてくる」

エティーさんはそう言い、ジリオスさんとともに建物の中に入っていった。

広場に残された俺たちが周囲を見回していると、あちこちから顔を出している人たちと目が合った。

エルフに獣人の特徴がある人、それに恐らく成人なのに俺より背が低い人もいる。きっと妖精族だろう。

ジリオスさんが言っていた通り、多種多様な種族が暮らしているようだ。

『なんかたくさん見られているの。敵意はないけど、すっごく視線を感じるの』

こんな森の中の集落に旅人が来るなんて滅多にないだろうから、外の人が珍しいのかもしれない。

それにスノーやレラルに、リアンとイリンもいるしな。

スノーには、今は一番小さい姿になってもらっている。大きいままだと、木の上の通路を通れるか、重さで通路が壊れないかなど不安だったからだ。

小さくなるのを見て、エティーさんとジリオスさんはとても驚いていた。

そういえば、アディーを見てウィラールだと気づく人は何人かいたけど、スノーを一目でフェンリルと見破る人はほとんどいなかったよな。

「ここは素朴な感じがしていいですね。村を思い出してしまいます」

ティンファの家は、山の麓から少し登った場所にあった。ここと同じく自然の中にある集落だから、懐かしくなったのだろうか。

エリダナに住む、ティンファのお祖母さんであるファーラさんの家は森の中にあるとはいえ、森自体が街だったから、かなり活気があったしな。

「オースト爺さんの家は、もっと深い森の中にあったなぁ。やっぱり魔力濃度の違いがあるからか、あの森とは空気が違うけど、街中よりもここのほうが俺も落ち着くよ」

旅に出る前は、『死の森』とオウル村にしか行かなかったから、あまり意識してなかったのだが。

こうやって深い森の中にいると、『死の森』が異常なほど魔力濃度の高い、まさしく辺境だったのだと実感できる。こう、なんというか空気の密度が違うのだ。

「そうですよね。街中よりもスノーちゃんもレラルちゃんも生き生きしていますし。住むなら街よりも、こういう自然の中にあるようなところがいいですよね。街は便利だし、何でも買えますけど」

そう言って笑ったティンファを見て、つい「この旅が終わればティンファと一緒に住むのか」、とか余計なことを考えてしまい顔が熱くなる。

でもこうやって、ティンファが俺と同じように感じてくれるのはうれしいな。

周囲の視線を忘れて、のんびりとスノーの頭を撫でてしまったのだった。

第二話　オーク集落討伐へ

「貴方様方がオークの集落を殲滅するのに協力してくださる、と？」

戻ってきたエティーさんに呼ばれて集会所の中に入ると、長く伸びた白髪に白い髭を蓄えた、ダルーシさんというエルフの長老を紹介された。

外見はオースト爺さんよりもかなり年老いていて、八十歳は超えているように見える。まあ、実年齢はオースト爺さんのほうがずっと上なのだろうけどな。

「はい。俺の従魔たちは見た目通りとても強いのですが、俺と彼女は普段から戦闘をしているわけではありません。だから俺たちだけならオークの集落を見つけても殲滅はせずに、通り過ぎたと思います。でもエティーさんとジリオスさんを見つけて、近くに人里があることがわかったので。協力できることなら協力します。人里に近いゴブリンとオークの集落は、殲滅しないといけませんから」

そう話す俺の横で、イリンを抱きしめながらティンファも頷いていた。

「俺たちは北の辺境地へ向かって旅をしていますが、急ぎではないので、他にも何かお手伝いできることがあれば言ってください」

討伐以外の手伝いを申し出たのは、集会所にいつの間にか集まっていた人たちの中に、体格のいい男性をあまり見なかったせいだ。

集落の男性は妖精族の血が濃いのか、俺よりも小柄な人がほとんどだった。もちろんエルフもいるが、小さな子供や女性が多いように見える。

「貴方たちはなぜそこまで言ってくださるのか？」

「旅に出る前は、しばらくエリダナの街のキーリエフ様の屋敷でお世話になっていまして、キーリエフ様から『集落に行くことがあったらよろしく』と言われています。それに倒したオークの肉は、きちんと貰うつもりですよ？」

ただ自分がそうしたいと思ったと言うだけでは、あまり説得力がないだろうと考え、キーリエフさんのことを出してみた。

俺はこの世界に来てから、様々な人たちに助けてもらっている。だから、俺にできることで少しでも恩を返したいと思うのだ。

「……ふう。若い衆は街へ出ていく者が多くてですな。集落に残っている若い衆は今、あいにく王都まで買い出しに出ております。魔法を使える者は多くても、オークの集落を殲滅するには戦力不足でしょう。だからその申し出は、我々にはとても助かります」

買い出しに、か。だから男性が少なかったのだな。……エルフの長老が言う若い衆が、どのくらいの年齢の人かはわからないけど。

　エティーさんは長老の言葉に頷き、補足する。

「俺たちが偵察に出て、買い出しに行った者たちが戻ってくるのを待っていたところだ。だが、思ったよりもオークの集落の規模が大きくてな。ちょうど今日は、あそこでジリオスと偵察がてら王都か街へ助けを呼びに行こうかと相談していたところだったのだ」

　アディーからは、オークの集落には小屋が何軒もあり、かなりの規模だと報告を受けている。

「オークに気づかれたら、いつこの集落が襲撃されるかわからないですよね。それほど離れていませんし」

「ああ。今までは狩りに出た時に、調達係のオークに何度か出くわすくらいだったのだが……。やはり早いうちに殲滅できるなら、それに越したことはない」

　エルフや妖精族は、木と親和性が高い。だから森の中でオーク一体と出会うくらいなら、恐らくなんとかやりすごせるのだろう。でも集団で襲ってくるとなると話は別だ。

　いくらこの集落が木の上にあるといっても、力ずくで木を倒されたりしたら目も当てられない。

「先ほど言ったように、俺と彼女はほぼ戦力になりません。でも、俺の従魔なら、きっとお役に立てると思います」

　そう言ってから俺はスノーに視線を向けて、念話を送る。

『スノー、ごめんな。ちょっとオークの集落の殲滅に、力を貸してくれ。それと、アディーも。俺たちが危なくなったら少し助けてくれないか』

『うん、いいよ！　スノー、頑張るの』

『フン。あの規模なら仕方ないな。様子を見ながら手を貸してやる』

『ありがとうな』

思わず笑みがこぼれそうになる。本当に、俺にはもったいない仲間、だよな。

「それは……ありがたいことです。では、あまり旅の足止めをしてもいけませんから、夕食の時に打ち合わせをして、明日にでも様子を見て大丈夫そうなら決行、ということでどうでしょうか」

「はい、それでいいです」

長老の言葉に頷くと、それから夕食までは寄ってくる子供たちの相手をしながら、集落を見学させてもらった。

子供たちには、エリダナの街の様子やナブリア国のことなど、外のことを聞かれた。

この子供たちも大きくなった時、ここに残るか出ていくかを選ぶことになるのだろう。

そう思うと、エリダナの街で別れて故郷へ帰ったエルフのリナさんのことを思い出す。

日が暮れて、皆で夕食を食べた後に、戦闘ができる人たちだけ残って打ち合わせをした。

戦えるのは、魔法が得意な妖精族との混血の人と、普段から狩りをしている人たちだ。

それが終わると、集会所の宿泊用の部屋に泊めてもらい、眠りについた。

◆　◆　◆

翌朝、エティーさんたちの集落で暮らす十人と俺たちで、オークの集落に向かった。

ティンファは集会所でレラルとイリンと一緒に待っている。リアンにはオークの集落の偵察を頼むために一緒に来てもらった。

同行している集落の人で従魔と契約をしているのは、普段狩りをしているジリオスさんたち以外では二人だけ。

リアンくらいの小型のネズミのような魔獣と、アディーよりも小さな鳥型の魔獣だ。

アディーによると、恐らくリアンとイリンよりも弱いだろうとのことで、どちらも狩りでの偵察役を務めているらしい。

一行はアディーの先導で進み、リアンとネズミ型の従魔の子が先行して集落の偵察をすることになった。

まずは、集落の外に出ていた、食料の調達部隊らしき数体のオークを撃破した。それを二度ほど繰り返し、合計六体のオークを倒す。

倒したオークは集落のオークたちに気づかれる前に、さっと穴を掘って埋めて処置をした。

偵察の結果、現在集落にいるオークは四十程度であるとわかり、そのまま予定通りに殲滅戦を決行することになった。

作戦では、まずは弓と魔法で攻撃し、集落から出てきたオークを遠距離から倒すことになっている。

オークの集落を囲めるほどの人員がおらず、弓と魔法が得意な人がほとんどだったため、距離を取りながら戦えるこのやり方はぴったりだ。

相手が撤退に転じた後の追撃戦は、スノーとアディーに頼ることになるかもしれないな。情けないけど、俺も頑張ろう。

リアンには、予め（あらかじ）オークの集落から俺たちの潜んでいる場所までの間に、魔法で落とし穴を何箇所か掘ってもらった。

オークの身体が落ちて戦闘不能になるほどの穴は無理でも、足首が入るくらいの大きさがあればいい。そこに誘導して転ばせれば、楽にとどめを刺すことができるだろう。

スノーには、俺たちが処理しきれなくなった敵を倒してもらう。

遠距離から攻撃してくる敵がいた場合には、空からアディーの判断で対処してもらうように頼んだ。

皆の安全を考えれば、スノーとアディーを前面に出して戦ったほうがいいのだが、それは今回の討伐隊の面々に不要だと言われた。

自分たちの手で、できるだけのことをやる。それが街の外で暮らす者たちの鉄則なのだ。

「では行くぞ」

この殲滅戦のリーダーであるエティーさんの合図で、一斉に魔法が放たれる。

俺も合図に合わせ、弓で戦うのに邪魔な木の枝を風の刃で切り裂いた。

放たれた火の魔法でオークの集落入り口近くの小屋に火がつき、気づいたオークが小屋から出てきて大騒ぎになる。

討伐隊の魔法は次々と放たれており、それをかいくぐってこちらに近づいてきたオークを、待ち構えていた弓で狙い撃った。

作戦通りに戦闘は進み、向かってくるオークがいなくなったところで、今度は俺たちが集落へ前進する。

ここまでは特に被害はなく、直接戦ったのもエティーさんだけで、順調だ。

アディーとリアンの偵察で、残りは小屋に取り残された子供のオークや、俺たちがいるのとは逆方向に逃げようとしているオークだけだとわかった。

そのことを俺が報告すると、討伐隊の半分は小屋に当たり、残りの半数と俺は集落の外に逃げようとするオークを弓と魔法で狙うことになった。

早速、俺は一気に集落へ近づいていく。ここまで来て逃がすわけにはいかない。逃げたオークは、どこかで人を襲うかもしれないのだから。

魔法による火は、小屋と小屋が離れているからか、燃え広がることなく消し止められていた。

スノーには小屋の中に潜んでいるオークの対処をお願いし、俺は弓を構えながら集落の周囲を歩く。

そうしてあちこちから聞こえていた音も静まり、戦いはほぼ終わっただろうと思われた時。

『アリトッ!?』

ふいに聞こえたスノーの警告で、咄嗟に横へ飛んで地面に伏せる。

それと同時に、俺が元いた場所に矢が突き立った。

弓を使えるオークがいるのかっ!!

戦いは終わったとばかり思い、集落の中のオークの屍に注意が向き、警戒が緩んでしまっていた。危なかったな。

地面を転がりながら周囲の気配を探ると、奥の小屋の屋根に弓を構えたオークの姿があった。

その姿を捉えた瞬間、俺は魔法を発動し風の刃を放つ。

それを察知したオークは、よけようとして体勢を崩し屋根から転がり落ちた。

その後、スノーがオークに咬みついたのを見て、俺は強張った身体から力を抜く。

瞬時に風魔法を発現できるようになったのは、アディーの修業のお蔭だな。

そんなことを考えていると、叱責の念話が頭にガンガンと響いた。

『緊張感が足りんと何度言ったらわかるんだ!?　さっさと立って警戒しろ!!　森の中で気を緩めるなっ!!』

その言葉で瞬時に立ち上がり、上空からの冷気を感じながら警戒の意識を周囲に巡らす。

おう……やはりアディーに怒られてしまった。最近のアディーは、ツン要素よりもデレ要素のほうが多かったのに。まあ、今のは俺が悪いんだけどさ。

『そうなの！　アリト、危ないの！』

『あ、ああ。ごめんな、スノー。ありがとうな』

とりあえずこれ以上お叱りを受けないように、スノーと周囲の気配を探って警戒していると、しばらくして逃げたオークを追っていった人たちが戻ってくるのが見えた。

「おーい、終わったぞ。恐らく逃したオークはいないだろう。すまんが、一応周囲を偵察してきてもらってもいいか？」

「はい、わかりました。頼んでみます」

俺はアディーに念話を送る。

『アディー。ここら一帯にオークが潜んでいないか、見回ってくれるか？』

『…………ふう。行ってくる』

その沈黙が怖い！　間違いなく修業が厳しくなるな……。が、頑張ろう。

それから集落の小屋を全て焼き払い、オークを解体し、全部終わった頃にアディーが戻ってきた。

大分広範囲を見てきたそうだが、オークの姿はないとのことだったので、作戦は終了した。

引き上げる際、オークを何体か貰って肉をカバンに保管した。

エティーさんたちの集落でもできるだけオークの肉が欲しいということだったので、手持ちのマジックバッグを一つ、肉の運搬用に提供する。

渡す際に「キーリエフ様が作ったものです」と言ったのは、トラブルを避けるために名前を使ってもいいと、エリダナの街を出る時に本人から許可を貰っているからだ。

エティーさんによれば、必要な物を買いに街へ行く時には、大人数で森の中を警戒しながら荷車を押していくとのこと。こういう人たちにこそ、マジックバッグは必要だろう。

結局、このオーク殲滅作戦では、前に出すぎた狩人の若者が軽い怪我をしたが、それ以外は全員無事だ。

怪我の治療は、ズーリーという同行者の中で唯一の女性が行った。

治療の様子が気になって見ていたのだが、ズーリーはそんな俺の行動を不思議に思ったらしい。質問されたので俺は薬師見習いだと答えると、薬草の話で盛り上がった。

そうして集落に戻った後は、祝いの宴が開かれた。


ジューという音とともに、肉の焼けるいい匂いが辺りに漂う。

「あんたが焼いた肉、凄く美味しいなぁ！　その味付けの仕方、あとで教えてくれないか？」

「ええ、いいですよ。手に入りにくい調味料を使っているので、今ある材料で似たような味付けになる方法を教えますね」

オークを殲滅して戻ってくると、エティーさん達の集落の人たちが集まってねぎらいの言葉を掛けてくれた。

ティンファも俺たちの無事を確認して、ホッとした顔をしていたよ。

そんな彼女の顔を見て、今の俺には心配してくれる人がいるのだと思い、くすぐったいような感じがしつつもうれしくなってしまった。

オースト爺さんは見守ってくれている、って感じだったからな！

持ち帰った大量の肉で宴は焼肉パーティーになり、俺は率先して料理をしていた。

戦いで活躍できたわけではないし、料理をするのは好きなので、俺にできることをしたいと思ったのだ。

広場の隅で調理器具を広げて肉を仕込んでいると、そんな俺をティンファは笑い、一緒に手伝ってくれる。

作ったのは、薄切りにしたオークの肉を、果物の搾り汁に漬け込んで焼いたものと、街で大量に買っておいた野菜と採取した野草たっぷりのスープだ。焼肉の味付けは、シオガを使った醤油風味のタレと、塩と胡椒(こしょう)の二種類を用意した。

テーブルの上に置いた魔道具のコンロで俺が肉を焼き、ティンファはその肉やスープを皿によそって振る舞ってくれている。

「塩味のも、他の調味料の味のもとても美味しいよ。オーク討伐に協力してもらったのに、料理までありがとうな」

「いえいえ。料理は趣味みたいなものですから」

肉を食べながら次々と声を掛けてくれる集落の人たちに、俺はそんな言葉を返していく。

美味しいと笑顔で食べてもらうのがこんなにもうれしいことなのだと、この世界に来て初めて気づいた。

これが『幸せ』というものだと実感する。日本では抱くことのなかった感情を一つ一つ知るたびに、いかに自分が孤独だったのかも思い知るのだ。

「クスクス。本当にアリトさんは、どこに行っても料理していますものね」

隣でそう言いながら笑うティンファの耳の羽が揺れた。

ティンファは森に入ってからは、ずっと帽子をかぶっていない。エティーさんとジリオスさんと接触した時もそのままだった。

耳を出した今のありのままのティンファは、エリダナの街にいる時よりも、ずっとのびのびとしているように見える。

「あ、イリン。ダメよ、今お肉焼いているところだから。ふふふ、くすぐったいわ。なあに？　食べたいの？」

ティンファの背を駆け上がって肩に乗ったイリンが、羽の耳と頬にすり寄った。

イリンはティンファの耳を気に入って契約すると言っていたからな。

歩いている時も、俺が偵察を頼まなければ、ずっとティンファの肩に乗っている。

ティンファとイリンの様子をリアンがちらちら見ているのが、ちょっと笑えた。

奥さんのイリンがティンファと契約してからあまりかまってくれないため、寂しさを感じているらしい。

そんな姿を微笑ましく思っていると、ズボンをくいっと引っ張られた。

足元を見ると、獣姿のレラルがこちらを見上げている。

「ん？　レラルも食べたいのか？　ちょっと待っててな。今、用意するから」

レラルは母親の言いつけ通り、人前では獣姿になっているため、自分の手で食べられない。だから、食べやすい皿にスープと肉を取り分けて床の上に置いてやる。

『ごめんな、レラル。この集落でならケットシーの姿でも大丈夫だと思うけど、念のためな……。食べづらいなら、一人で食べてもらうことになるけど借りた部屋に持っていくよ？』

俺が念話でそう聞くと、レラルは首を振る。

『ううん、大丈夫だよ！　お肉も食べやすく切ってくれたし』

そう言ってレラルは、ゴロゴロと喉を鳴らしながらご機嫌で食べ始める。

うん、可愛い。食事中だというのに、ついしゃがんで頭を撫でてしまった。レラルが顔を上げたので、ついでに喉も撫でる。

「レラルちゃん、こっちのお肉も焼けましたよ」

そこにティンファが肉を追加して、レラルはさらにゴロゴロとご機嫌に喉を鳴らした。

『スノーも！　スノーもなでなでして！』

背中にもふっとした感触がして振り返ると、スノーがすり寄ってきていた。ふわふわな尻尾が、俺の足を撫でていく。

「もちろんだよ、スノー！」

小さいスノーの頭を抱き込み、わしわしと撫で回す。喉元の柔らかい毛並みや、耳の付け根も忘れない。さらには寄ってきたリアンも一緒に撫でた。

リアンは小さいからスノーに比べれば毛が短いのだが、これはこれでまた違ったもふもふ感を楽しめる。

浄化魔法をこまめに掛けているので、いつでもつるつるサラサラなのだ。

「ふふふ。あ、ちょっと待ってくださいね。こっちのお肉はいい焼き加減ですよ」

「あ、ごめん、ティンファ。スープ、よそうよ」

今が宴の真っ最中だということも忘れて、ついもふもふに没頭してしまった！

料理を取りにきた人たちに微笑ましそうな目で見られ、顔が熱くなった。

気を取り直し、浄化を掛けて鍋のお玉を手に取る。

「大丈夫ですよ、アリトさんは討伐にも参加したのですから。お肉の仕込みをしていただけたら、あとは私がやります。せっかくなので、広場を回ってきたらどうですか？」

「うーん……。じゃあ、ついでに他の料理を貰ってくるよ。その前に、次の肉の仕込みだけしておくな」

「はい、お願いします」

つい料理するのに夢中になってしまったが、宴料理にも興味がある。こんな森の奥で、どんな料理が振る舞われるのか。お言葉に甘えて少し見にいこう。

手早く肉の仕込みをしてティンファに渡し、俺と一緒に来ると言ったスノーを連れて広場に向かう。

「お、あの肉煮込み、美味しそうだな。ちょっと貰ってこよう」

広場の外周には調理場がいくつも設置してあり、そこで様々な料理が提供されていた。

準備に時間がかからないということで焼き肉パーティーになったのだが、宴の開始から時間が経って凝った料理も完成したらしい。匂いに釣られて近づいていく。

「すみません、二人分ください」

「はいよ！　ああ、外からのお客人か。今回は討伐に参加してくれてありがとうね。活躍したって聞いているよ。ほら、いっぱい食べておくれ」

「ありがとうございます。活躍したのは、俺の従魔たちだけですよ」

ポン、と隣にいるスノーの頭に手を置くと、山盛りの料理を二皿、差し出された。それらを受け取り、また歩き出す。

「よお、兄ちゃん！　今日はありがとうよ！　助かったぜ！」

「おう。お前さんも酒飲め！　って、両手に皿があったらそんなわけにもいかないのか」

ティンファのところへ戻る間にも、次々と声を掛けられた。飲んでいる人も、肉を配り歩いている女の人も皆笑顔だ。

「はい、お心だけ貰っておきますね。お礼は俺の従魔たちに言ってあげてください」

広場の地面に座り込み、酒を片手に料理を食べる男衆の脇を通り抜け、ティンファのもとへ戻る。

「ティンファ！　美味しそうな煮込み料理を貰ってきたよ。温かいうちに交代で食べよう」

「ありがとうございます。どうぞ先に食べてください」

ちょうど肉が焼けたのか、ティンファのところには人が並んでいた。返事をしてレラルの隣に座り込み、レラルにも取り分けて早速食べてみる。

「お、美味しい。これ、何で味付けしているんだろう」

オークの肉と芋、それに野草を一緒に煮込んだ料理は、塩味以外にも何かの風味があった。素材を一つ一つ口にしていくと、見たことのない野草の葉が入っているのに気づく。

「これか。ここら辺で採れるハーブかな？　あとで聞いてみよう」

旅の道中では、図鑑で確認しながら薬草や野草を採っているが、やはりその土地独自の種があるのは面白い。

元は同じ種類の草でも土地の魔力によって変化して、まったく別の性質になっているものもあるしな。

芋も、恐らくこの森独自の植物だろう。『死の森』で採って食べていた芋とは、食感も味も違う。

『うん、アリトの作ってくれた料理のほうが美味しいけど、これも美味しいよ！』

レラルも煮込み料理を気に入ったみたいだ。

「ティンファ、交代するよ。冷めないうちに食べてみて。独特なハーブが使われていて美味しいよ」

「では、いただきますね」

ティンファと交代して、肉を焼きながら次の肉を仕込む。スープが少なくなってきたし、なくなったタイミングで肉も終わりにしよう。

「あ、これ美味しいです。アリトさんの言った通り、ハーブが利いていますね」

「そうだろう。あとで一緒に聞きにいこうか。採れる場所を教えてもらおう」

「はい！　お茶に使えるハーブもあったらうれしいですね」

俺たちが討伐に行っている間、ティンファは自分で作ったハーブティーを振る舞っていたらしい。皆に美味しいと言ってもらえたと、喜んでいた。

ふいに音が聞こえてきて顔を上げると、広場の反対側で何人かが楽器を奏でていた。

幾重にも重なって響く笛や弦楽器の音に引き込まれる。

エルフは木工細工が得意らしく、エリダナの街では様々な木製の楽器を見かけた。笛のような楽器だけでなく、胡弓や琵琶、ハープみたいなものもあったのだ。

そして街中では楽器を演奏している人も結構いて、エルフは音楽への造詣が深いのだな、と思った。

広場の中央にスペースができ、そこへ一人、二人と進み出て踊り始める。

その様子を見て、オウル村での収穫祭を思い出した。

秋の収穫が終わった後、夜に火を囲んでやはり酒を飲み、歌って踊っていた。オウル村では楽器などほとんどなく、演奏も少し寂しいものだったが。

音楽を聞いていると、心の底からほっとした気分になる。これだけ大きな音を立てていても、襲ってくる外敵はいない、ということだから。

『死の森』で森での暮らしには慣れたつもりだったが、やはりずっと警戒を続けながら野宿を繰り返す今のような生活は、負担になっていたのだろう。

俺でさえそうなのだから、ティンファはどれほど負担に感じていることか。

「楽しそうですね、皆さん。アリトさんのいた場所でも、このような宴では音楽と踊りがあったのですか？」

「え？」

「ふふふ。だってアリトさん、とっても懐かしそうな顔をしていましたから」

懐かしい、か。俺が一番懐かしく感じる宴、祭りは……。

「……俺の育った村でも、夏と秋にはお祭りがあったんだ。音楽に合わせて、皆で円になって踊ったよ」

　俺の故郷である日本の小さな田舎の村でも、毎年、年寄りから子供までほぼ全員が参加して盆踊りをしたものだ。

　オウル村の収穫祭も楽しかったけど、懐かしいといえばやはり日本の祭りが思い浮かぶ。

「……料理を出し終わったら、一緒に踊りませんか？　皆、楽しそうですよ」

「え？　でも俺のいた村の踊りとは全然違うし、他のものは知らないから踊れないよ」

「いいんですよ。ホラ、皆さん、音に合わせて自由に身体を動かしているようですよ。決まった踊りなんて、私も知りませんし。ダメですか？」

「うっ……。いや、ダ、ダメじゃない、けど。でも俺、音に合わせることにあまり自信がないというか……」

　音楽なんて、学校の授業でしか学んだことがない。カラオケでさえ、仕事の付き合いでたまに行くくらいだったし。しかも歌えないから、一度もマイクを握ったことがないのだ。

「誰も気にしませんよ！　あ、スープもどうぞ！　もう少しで終わりですよ！」

　肉を貰いにきた人にスープをよそうと、それでちょうど鍋は空になった。肉も今焼いている分で終わりだ。

「おう、お客さんたち。気にしないで踊ってきな！　適当に身体動かしていれば、踊っているように見えるからな！　楽しけりゃいいんだ。なあ、兄ちゃん。せっかく女性が誘ってくれてんだ。踊らなきゃ男がすたるってもんだぜ！」

ガッハッハと豪快に笑いながら料理を持って去っていく男性の背を見送って、覚悟を決める。

そうだ。ティンファが誘ってくれたんだ。宴なんだから、笑い者になってもいいじゃないか。

「すまないな、アリト君。料理までしてもらって。皆に美味いと評判だ」

「凄く美味しかったよ。ありがとう」

密かに覚悟を決めて内心で拳を握っていると、エティーさんとジリオスさんがやってきた。

「美味しいと言ってもらえてうれしいです。料理するのは好きなんですよ。もう終わりなので、食べてください」

俺がそう言うと、ジリオスさんは笑顔で肉を受け取る。

「ありがとう。せっかくだから、宴を楽しんでくれ」

「はい！　これが終わったら、アリトさんと踊ろうかって話していたところなんです」

「それはいいいな。もう焼き終わっているのだろう？　ここは俺が見ているから、踊ってくるといい」

ティンファの言葉に、ジリオスさんがそう申し出てくれた。

そして「ホラ、誘え」というエティーさんからの無言の圧力が……。

「で、ではお願いします。行こうか、ティンファ」

「はい!!」

エティーさんの圧力に負け、それでも恥ずかしくてティンファの顔を真っすぐには見られずに、視線を外して手を差し出す。

ティンファはうれしそうに返事をして、俺の手を握ってくれた。

そのまま手を引いて二人で輪に入って踊ったけれど、俺はいっぱいいっぱいになり、その時のことをよく覚えていない。

ただティンファの楽しそうな笑顔と笑い声だけは記憶に残っている。手の温かな感触とともに。

第三話　集落

宴は夜遅くまで続いた。俺とティンファは、二人で踊り疲れるまで踊った後、広場の料理を食べてから部屋へと戻った。

騒がしい歓声を聞きながら、寝る前にはいつもと同じようにスノーたちをブラッシングし、ミルたちスライムに高濃度魔力を含んだ水を与えて膨らませ、リアンとイリンのベッドにした。以前にスライムたちを膨らませた時、リアンとイリンがその感触を気に入って寝床にしていたからだ。

当時はスライムたちにそこまで大量の魔力水を与えられなかったので、起きて見たら箱の中で魔力水を吸収し終えて元の大きさに戻ったスライムたちと、リアンとイリンが雑魚寝（ざこね）していた。それがとても可愛くてつい見とれてしまい、朝食の準備が遅れたんだよな。

『アリト、どうしたの？　寝ないの？』

『うん。寝るよ。ほら、よーしよしよし』

『きゃはははは!!　もっと、もっとやって！』

その後は、スノーを全身でもふもふして眠りについた。

疲れていたのについスライムベッドまで作ってしまったのは、かなり興奮して気分が浮き立っていたからだろう。

◆　◆　◆

今朝も俺は、いつもの時間に目が覚めた。まだ日の出前だし、昨日は宴を夜遅くまでやっていたので皆を起こさないように、そっとスノーと外に出て階段を下りる。

「おはようございます。早起きですな」

「おはようございます。習慣になっていますので。今から朝食の準備をしますが、ご一緒にどうですか？」

一階へ着くと、ちょうど奥から出てきた長老と行き合った。長老は、この集会所の奥の部屋で暮らしているそうだ。

「食事は当番の者が持ってきますが……。そうですな、ではお言葉に甘えてごちそうになりますかの。お話ししたいこともありますので」

「お話とは、もしかしてティンファの耳のことですか？　ティンファは様々な種族の血を引く家系らしいのですが、あのような特徴の耳に心当たりはありますか？　精霊族の血が出た先祖返りではないか、と思うのですが」

話と聞いて、真っ先に思い浮かべたのはティンファの耳。気になって、つい先走って聞いてしまった。

あのキーリエフさんでさえよくわからないと言っていたから、いくら森の中の集落の長老でも、知っている可能性は低いだろう。

それでも、初めて挨拶した時から「もしかしたら」と思い、折を見て聞こうと思っていたのだ。

「ふむ。それについて儂が知っていることはあまりないのですが……精霊族の姿を見たのは、遥か遠い昔のことです。はっきりとは思い出せませんが、子供の頃に王都よりも奥の集落へ行った時、精霊族とエルフとの混血の人をお見掛けしたことがありました」

その人の親が精霊族だとは限らない。二代、三代、下手をしたらティンファのように、いつの頃だかわからないくらい遥か昔の先祖ということもあるのだ。

純粋な精霊族など、今ではいるのかどうか。キーリエフさんでも知らないと言うほど、精霊族は稀少な種族となっている。

「そ、それで。その人にはティンファのような羽の耳はありましたか？」

ルーツがわかったからと言って、ティンファみたいな先祖返りの例はほぼないだろうから、どこまで役立つ情報なのかはわからない。けれど、どうしても気になってしまう。

「いえ、残念ながらありませんでした。その方に精霊族の話を色々としていただきましたが、確か羽のような耳のことは聞きませんでしたな。本人は随分華奢で、エルフにしか見えませんでした。ただ髪の色がエルフでは見かけない水色で、いかにも消え入りそうだったため記憶に残っております。聞けば、彼が血を引く精霊族は、姿が細くはかないが凛とした雰囲気を持つ流水のような方だったと。精霊族といっても、様々な種族に分かれているそうですよ」

そう言われて、ミランの森でお世話になったリアーナさんを思い出した。

そういえばリアーナさんも、ドライアドとエルフの混血だと言っていたよな。リアーナさんはドライアドとしての力を持ち、髪にも特徴が出ていた。

やっぱりティンファのことは、これ以上知ることはできそうにないか……。

「そう、ですよね。ティンファ自身も、親に精霊族の先祖返りではないか、と言われただけで、実際にどんな種族の血が入っているかはまったくわからないそうですから」

「不安になりますか？　先のことが」

そう真っすぐに俺の目を覗き込んだ長老の眼差しが、とても深い色を宿していて。その瞳に、何も言えなくなっていた。

『先がわからないなんて当然です。今を大事に生きましょう』と笑うティンファの顔が、どうしてもちらついてしまう。

あれは本心からの言葉だったと思うが、自分のことを知りたくないかといえば、そんなことはないだろう。

「ふふふ。人は大事に思うものが増えるたびに不安になり、臆病になっていきますな。それは幸せなことです。でも、忘れてはいけませんよ。その人の人生は、その人しか歩むことのできない道なのです。貴方には貴方の道があるように、ティンファさんには生まれながらのティンファさんの道があります。どうあがいても、その道を変えることはできません」

ああ……。

俺は祖父母を亡くした時、体調が悪いと告げてくれなかったことを寂しく思い、少し恨んだりもした。でも、二人を先に見送ることは、ずっと覚悟していたのだ。

だが、ティンファは？

ティンファがそばからいなくなってしまうことに、怯えているのか、俺は。

自分の寿命がわからないのは不安だ。だからこそ旅にも出た。

でも、その不安は俺の考え方次第でどうにかなるはず。

じゃあ、ティンファが思いがけずいなくなってしまったとしたら？

そうだ。俺はこんな気持ちになるのは初めてのことなのだ。

「そう、ですね。気にしても仕方ないことだと、理解したつもりだったのですが……」

寿命のことを気にするのは、覚悟できない別れに怯えてしまうから。

俺は一人で生きているつもりで、ずっと隣に誰かにいて欲しかったのだ。

「貴方も見た目のままの人族ではないようだ。どうかあなたの道を、穏やかに進んでいかれますよう。迷う時があるのは、別に悪いことではないのですよ」

「ありがとう、ございます。……そんなに俺、悩んでいるように見えましたか？」

こんな話をしてくれるほど、俺が思い詰めていると感じたのだろうか。

「いやいや。ただの老婆心ですよ。それで、話したいことというのは改めて昨日のお礼と、貴方たちが北の辺境地まで向かう、ということでしたからな。この先の森のことをお話ししようかと思ったのですよ。ここ以外にも、人の住む集落がありますのでな」

そう言って、長老は優しく微笑んでくれた。

「あ、ありがとうございます。といっても、俺たちがこの森の中で道もない場所を正確に辿れるかはわかりませんが……」

「ふふふ。森の歩き方も合わせて、朝食の時にお話しいたしますよ。目印があるのです」

「そ、そうなんですね。では、俺は朝食の準備をしてきます。集会所での食事でいいですか？」

「ええ。昨日いただいた焼肉もスープも美味しかったです。楽しみに待っています。それと、昨日の狩りの後に渡していただいたマジックバッグというものについても、聞かせてください」

そう笑ってくれた長老さんと別れ、集会所のテーブルに調理器具を並べて準備を始める。

……ああ、さすが長老、というかなんというか。

あの瞳には、老成を越えた者の穏やかさが漂っているように思えた。

それは寿命が短い人では辿り着けない境地かもしれないが、長命であるがゆえのものだけではないとも思う。

全てを包んでくれるみたいな慈しみを受け、そういうものに慣れていない俺は戸惑ってわたわたしてしまった。

どうしようもなく恥ずかしいような、くすぐったいような気分でふわふわしながらも、手は次々と下ごしらえをして朝食を作り上げていく。

「アリトさん、おはようございます。また遅くなってしまいました」

「おはよう、ティンファ、レラル。あとは味付けして終わりだよ。長老さんも一緒に朝食をとることになっているから、呼んできてくれないか？」

「はい、わかりました。戻ったら器によそいますね」

すでにスープの野菜は煮えていて、大きなフライパンいっぱいのオムレツがもうじき焼き上がる。

オムレツの中身は、昨日の残ったオーク肉を入れて野菜と炒めたものだ。あとはパンを切ってお皿に盛れば終わりだ。

「これはまた、美味しそうな匂いですな。卵など、しばらく食べていません。ありがとうございます」

「いえ、エリダナの街でたくさん仕入れたので。今配膳しますから、座って待っていてください」

食べている間に、この森での集落を辿る目印を教えてもらった。この集落も森の中に溶け込んでいるし、それぞれの集落の位置をどうやって確認しているのかと疑問だったのだ。

その目印は、昔から伝わる方法で木に刻まれているとのこと。それを見分けて辿ることができれば、迷うことなく森を歩けるらしい。

北の辺境地まで補給に寄れる場所はないと思っていたのだが、ここから北へ進む通りやすい道と、途中の二つの集落のことを教えてもらえた。

「目印や他の集落のことを俺たちが知っても大丈夫なんですか？　それに、教えていただいた集落を訪ねても」

「ええ、もちろんです。この森の道を教えるのは、信頼した者にのみ。だから目印を知っている者を疑う人はおりません。それに、もし集落で欲しているものを何かアリトさんから譲っていただけるなら、私どもにとっても非常にありがたいことなのです」

昨夜、宴用の料理を始める前に、肉を持ち帰るために渡したマジックバッグのことを長老にも伝えた。

その時一緒に、不足しているという小麦をはじめとした食材や、この森では採れない薬草なども渡したのだ。お礼として、ここら辺で採れて余っているものを旅立つ前に貰うことになっている。

「……マジックバッグは、長時間保存できるわけではありませんが、街への買い出しにはとても便利でしょう。昨日のものの他に、もう二つ渡しておきますね。まだ在庫は十分ありますから、大丈夫ですよ」

「それは……。ありがとうございます。とても助かります。ここから王都までは片道一週間もあれば着きますが、森の中で大量の荷物を運ぶのは大変なのです」

そう、この集落ならまだ片道一週間だが、もっと奥に行くにつれて運搬作業は難しくなっていくし、物資は貴重になるはずだ。

長老が話していた「集落で欲しているものを何か譲ってもらえるなら」というのは、つまり、これから立ち寄る集落にもできたらマジックバッグや食材を融通して欲しい、ということだろう。

皮はまだまだあるから、マジックバッグを作ることはできる。

「俺たちも安全な場所で寝られて、とても助かりました。それに食料や薬草なら、まだまだ十分に持っていますので。教えていただいた集落へも、寄らせてもらおうと思います」

二晩、この集落でゆっくりと眠ったことで、ティンファの顔に浮かんでいた疲労がかなり薄れた。この先も集落で泊めてもらえるなら、どれほど助かることか。

「あとはエリダナの街で新しく作られた調理器具も渡します。昨日いただいた芋を蒸かしたら美味しいと思いますよ。あとで女性に使い方を教えますね」

昨日食べた煮込み料理の芋が、蒸かしたらホクホクしそうな感じだったのだ。あの芋も今日、お礼として貰う予定になっている。

芋は集落近くの森の中で作っており、育ちもよく量も多く収穫できるため、主食にしているそうだ。

「それは……。大変ありがたいですが、そこまでしていただいて大丈夫でしょうか」

「はい。キーリエフ様にたくさんいただいたので。ただ、マジックバッグはまだ街でも売っていないので、出回るまでは気をつけて使ってください。それに他言はしないでいただけると助かります」

「それは、しっかりと守らせていただきます。本当にありがたいことです」

「気にしないでください。恐らくキーリエフ様も、こういう集落へは優先的に送ると思いますので」

ドワーフのドルムダさんは、しばらくキーリエフさんの屋敷に滞在して作ると言っていた。だからそのうち広まるだろう。

それから集落を出るまでの間は、昨日約束した通り、この辺で採れるものを貰い、代わりに蒸し器とマジックバッグの使い方を教えた。

そして昨夜食べた煮込みに使われていたハーブのことも忘れずに教えてもらってから、もう一日と引き留められる中、昼前には集落を出発したのだった。

第四話　覚悟

「これだ。わかるか？　見渡して目に入るギリギリの間隔で木に印がつけてあるから、これを辿れば次の集落まで行ける」

集落を出て、エティーさんとジリオスさんに目印を教えてもらった。

示された場所を確認してから周囲を見回すと、集落の木にも同じ特徴があることがわかる。

「なるほど。これは教わらないと見分けられないですね」

「本当ですね。これがずっと昔から伝わっているなんて、凄いです」

その目印とは、木の幹の皮が不自然によじれたものだ。魔法で木に働きかけてつけるそうで、俺の目線よりやや上の位置にある。

ちなみに、狩りや採取の際に使う一時的な目印は、木の枝につけるとのことだ。木の枝なら、風で折れたり成長したりすればわからなくなって、外の人に見つかりにくいかららしい。

幹の目印も風化や成長で目立たなくなってくるそうだが、その時は気がついた人が改めて残す。そうしてずっと引き継いできたという。

「これを辿って行き来しているのですね。ありがとうございます。これなら俺たちでも次の集落まで行けそうです」

もし目印を見失ったとしても、リアンとイリンに探してもらえば辿ることは容易だろう。

教えてもらったのはほぼ真北へ向かう道で、遠回りにもならなそうだ。

「いや。本当に、俺たちのほうこそ世話になったからな。アリト君が欲しいと言っていたハーブの群生地まで案内してから、北に向かうこの目印のある道まで送るよ」

「ありがとうございます、ジリオスさん。あのハーブは手に入れておきたいので、うれしいです」

「私もうれしいです！　お茶にできるかどうか、やってみますね！　もし美味しいのができたら、集落か街で預けますので」

集落同士で地元ネットワークのようなものがあるそうで、街にも集落の人の行きつけの場所があるらしい。そこに預けておけば、この集落の人に届けられるというわけだ。このことも長老から教わっていた。

「ティンファさんの作ったハーブティーは女性たちに人気だったから、こちらもありがたいよ」

別れ際にティンファがハーブティーを渡すと、集落の女性はとても喜んでいたもんな。

「では、ハーブの群生地へ案内しよう」

「お願いします」

先導するエティーさんとジリオスさんに続いて森へと入っていく。

『アディー。魔物がいたら知らせてくれよな』

『ああ。だが自分でも警戒しろ』

空からの偵察をアディーに頼んだが、群生地までは何事もなく着いた。

木々の間から日が差し込む少し開けた場所に、群生地はあった。そこで料理に入っていた葉と同じものを採っていく。

『これ採る？　匂い強い。食べるのか？』

『ん？　そうだよリアン。この独特の匂いがいいんだ。根を残しておけばまた生えてくるから、途中の茎から採るんだ』

『手伝う』

「え？　採れるの、リアン？」

俺の横で作業を見ていたリアンは、ハーブに手を伸ばすと教えた場所からプチっとちぎった。

おお、器用だな！　やっぱりリスとネズミの特徴が混ざったような外見だからか、手が細かく動くみたいだ。

採取したハーブは、地面に置いた袋に入れてもらう。

「ありがとう、リアン。助かるよ」

「あ、イリンも採ってくれるの？　ありがとう」

次々にちぎっては袋に入れるリアンを見ていると、ティンファの声が聞こえてきた。

振り返ると、イリンもハーブをちぎっている。

ふふふ。なんか小さい動物が一生懸命になっている姿は可愛いな。

じゃあ、さっさと俺もハーブを確保するか。

根を残し、全て採り尽くさないように注意しつつ作業しても、あっという間に大きめな袋がいっぱいになった。

エティーさんとジリオスさんはその間、近くになっている木の実を採ってきてくれた。

採り終わると、次の集落へ続く目印のある場所に案内してもらい、その場で互いにお礼を言ってから別れた。北への旅、再開だ。

しばらく歩くと、アディーから念話が届いた。

『もう少し先に開けた場所があるぞ。恐らく休憩するためのものだな』

『ならそこで昼食にしようか』

集落を出たのは日が昇ってかなり経ってからだったので、もう昼食の時間は過ぎていた。

木々の隙間から空を見上げると、大きな太陽が見える。もう一つの太陽は、恐らく西に位置しているだろう。

二つある太陽は、一日を同じ周期で昇ったり沈んだりしている時期と、ズレる時期があった。季節や場所の違いによって、ズレの度合いが異なる。

今は夜になっても暗くなるのが遅い時期だから、寝る時間を間違えないように注意が必要だ。

まあ、もうそんな生活にも慣れ、身体に時間の進み方が染みついているから太陽の位置はそれほど気にしていないのだが。

「ティンファ、もう少し先に休憩所があるって。そこで急いで昼食にしよう。集落の人が木を切って休憩場所を確保しているのなら、この先に野営できる場所もあると思うから、今日はそこまで頑張ろう」

「はい。もうお昼は過ぎてしまっていますものね。では少し急ぎます」

とりあえず歩きながらの採取は止めて、休憩場所へ急ぐ。

『アリト！』

早く向かわないと、という思いが強くて、つい他のことが疎かになっていたのだろう。

スノーの鋭い警告の念話に、自分が警戒を解いてしまっていたことに気づく。

エティーさんたちと別れた時、アディーが俺の修業のためにスノーたちに危なくなるまで警告はするな、と言っていた。だから、自分でしっかりしなきゃいけないのに。

咄嗟に警戒網を張ることができず、とりあえずティンファに下がるように合図を送ろうとしたのだが――

『違う、ティンファの後ろから来るのっ！』

「っ!? ティンファ、こっちだ、こっちに来るんだっ!!」

俺の様子を見て下がろうとしたティンファの動きが止まる。

その瞬間、足元にいたレラルが威嚇の声を上げた。

直後、俺の視界に、ティンファの後ろの木の上から飛び降りてくる蜘蛛型の魔物の姿が現れた。

「ティンファっ!?」

慌てて弓を構えても、ティンファの真後ろに見える魔物の角度に射線を合わせられない。風魔法を使うにしても彼女を巻き込む危険性がある。

愕然として動きが止まってしまった俺の横を、スノーが風のごとく駆け抜けた。

それからの光景は、まるでスローモーションのようにゆっくりとはっきりと見えた。

『蔓！』

そばの木に絡んでいた蔓が、リアンとイリンの魔法で蜘蛛型の魔物の足へ伸びていった。

その蔓が複数ある足を捕らえそうになった瞬間、蜘蛛型の魔物は片側の足を全て上げ、斜めになりながら蔓をかわす。

「ガウッ！」

そこにスノーが放った風の刃が飛び、バランスを崩していた蜘蛛の魔物の足場となっている木の枝を切り裂く。

枝から落ちた蜘蛛の魔物は、固まっていたティンファの頭上の枝に糸を吐き出し、そのまま空を飛んだ。

そしてティンファに迫った瞬間、口から液体を飛ばす。

「危ないっ!?」

その時になって俺はやっと走り出し、ティンファに手を伸ばした。

「ピーーイッ！」

これでは間に合わない！

そう思った瞬間、空から急降下してきたアディーによって蜘蛛の魔物は地面に落とされ、そこをすかさずスノーとレラルが押さえて咬み殺した。

「ティンファ！　大丈夫か？　酸がかかっていないか？」

蜘蛛の魔物の吐いた酸で、スノーが怪我をした時のことが脳裏をよぎって、一気に青ざめる。

「あ……だ、大丈夫、です。身体には何もかかっていません。それに、私には一体何がどうなったのか……」

呆然としながらもくるりと回って問題ないことを教えてくれたティンファの姿に安心し、手を伸ばしてそっと抱き寄せた。

「よかった……。ティンファに怪我がなくて、本当によかった」

「アリトさん……」

ティンファの無事を確認しながら抱きしめて、腕の中にある温もりに安心……。

あれ？　俺、今、何やって……。

ちょうど俺の肩にティンファの顔が当たり、安心するとともに吐息を意識してしまいそうになった、その時。

『怪我などあるわけがないだろう。風で酸を包んで逸らしたわ、このバカ者がっ‼　警戒を忘れるなど何度も言っているというのに、このざまかっ‼』

バサバサという羽音とともに背中に重みがかかり、嘴で思いっきり頭をつつかれた。

「い、痛いっ！　ちょっ、待って、アディー！」

『言ってダメなら身体で覚えさせるしかないだろうがっ！　このアホがっ‼』

「イタタタタタッ⁉　それ、違うだろっ、体罰だろ、これはっ！」

肉が食いちぎられそうなほどの痛みに、ティンファを放して頭を両手で庇うと、その手までつつかれた。

「ご、ごめんっ！　ごめんってばっ、アディー！　今回は、本当に肝が冷えたし、次はこんなことないようにする！　反省したからっ！」

手を下げ、頭をつつかれながらも痛みに耐えて振り返る。

『……フン。俺やスノーに全てを任せっきりでは、お前が守りたいものは守れんからな』

俺が宣言すると、やっとアディーはつつくのを止めて肩にとまってくれた。

守りたいものを守る、か。

こうやってティンファの身を危険に晒してやっと、俺が修業しているのは自分だけでなく、大切に想う人を守るためだということを思い出した。

それなのに、何度アディーに注意されても、また失敗して……。

いつも俺が、スノーや皆に甘えてばっかりだったから。

「わかったよ、アディー。もう目的地まで気を緩めない。ティンファ、ごめんな。すっかり俺が油断していたばっかりに……」

ティンファにも、心配そうに見守ってくれているスノーやレラルたちにも頭を下げる。

スノーたちは襲撃にはとっくに気づいていたはずで、俺のためにギリギリまで手を出さないでいてくれたのに。

「いいえ！　この旅への同行を望んだのは私です。ちゃんと覚悟はできています！　だからアリトさん、私にも警戒の仕方を教えていただけませんか？　私も甘えてばかりではダメだと、今のでわかりましたから。それでも足手まといになると思いますが、私もただ守られているだけでなく、できることはやりたいです」

「ティンファ……」

山で逃げまどい、魔物の前でただ震えていたのはついこの間のことだったのに。

本当に、いつもティンファは俺の予想を超えてくる。何でここまで真っすぐな強さを持てるのか。

「……そうだな。アディーに怒られてばかりなのに、『俺に任せておけ』なんて到底言えないし。警戒の仕方は身につけたほうが安全になるだろうから、今日の野営の時に、簡単に説明するよ」

「はい！　お願いします！」

そのまま俺の肩に乗ったアディーに指導されながら、警戒網を広げつつ歩いて休憩場所へと向かったのだった。

この先は、どんどん森が深くなるばかりだ。今はまだ、下級から中級クラスしかいないが、これから先はさらに強い魔物や魔獣が襲ってくるだろう。

それでも前へ進むと決めた。だから俺は、この世界で見つけた大切に想う人を、ティンファをどこでも守れるように頑張ろう。

……まあ守りきる、までは無理かもしれないけど、せめて無防備に危険に晒すことのないように。

そう覚悟を決めて、歩き出した。


それからは集中を切らさずに、無事に休憩場所に到着することができた。

不自然にスペースが空けられていることから、やはりアディーが予測した通り、この道を通る人用に休憩場所として作られたのだろう。

まだ夕暮れ前だったが、今日はここで野営することにした。

本当は次のスペースまで行きたかったが、蜘蛛の魔物の襲撃で時間をとってしまったし、次の場所までどれくらいかかるかわからない。辿り着く頃には暗くなっている可能性もある。

『常に警戒できないのなら、森の中を旅する資格などない。アリトは気を緩めすぎているのだ』

アディーに言われた厳しい言葉が、頭から離れずにいる。

『死の森』よりずっと危険が少ない場所を旅していても、アディーやスノーは気を緩めたことがない。

「とりあえずご飯にしよう。お腹が減っているから、まずはサンドイッチを作るよ。その後、温かいご飯を作るから」

「はい。手伝いますね」

「それじゃあティンファ、お茶だけお願いな。パンもあるし、用意はすぐ終わるから」

休憩場所の真ん中に竈（かまど）を作って火を熾（おこ）し、ティンファにお湯を任せる。

「じゃあ食べよう」

お湯が沸いて、ティンファがお茶を淹（い）れる頃にはサンドイッチもでき上がった。キーリエフさんの屋敷で作った燻製肉（くんせいにく）と野草を挟んで完成だ。

「アリトさん。少しずつでいいので、気配を殺すだけでなく、警戒する方法を教えてください」

食べ終わり、お茶のおかわりを注いだところで改めてティンファが言った。

エリダナの街への旅の間に、最低限の気配の殺し方や逃げ方は教えてある。

ただその時は街の中の危険を想定しており、気配が多すぎる街中での警戒は難しすぎるので、アディーに教わった魔素を使ったやり方は教えていなかった。

「警戒は、常に周囲の魔素に干渉しておき気配を察知するんだ。魔素の反応から、周囲に生物がいるかわかるようになる。さらに魔素の動きで、そこにいる生物の動きも把握できるから、それで襲ってくるかも知ることができるんだ。アディーやスノーは、相手がこちらを見ているか、意識しているか、敵意はあるかまでわかるそうだけど、俺には到底無理だな。周囲の魔素を感じて、気配の動きを探っているだけだよ。それも集中しないと、すぐにわからなくなる。注意が逸れて、しょっちゅうアディーに叱られているけどね」

自分の気配を殺して、周囲の気配を探る。これは、『死の森』で訓練していた頃から精度を上げるように必死で努力してきた。

それがやっと少しは形になってきたのに、つい気を緩めて警戒を切らしてしまう。アディーに怒られるのも当然だ。

「気配察知の訓練をするなら、目をつぶって周囲の気配を感じてみるといいよ。まずは膝の上のレラルの動きとかね。それに慣れたら、離れた場所にいる俺たちの気配を探してみて」

「わたし手伝うよ！　ティンファの膝の上でそっと動くよ！」

「ありがとう、レラルちゃん。じゃあやってみるからお願いね」

そう言うとティンファは膝の上のレラルを撫で、座ったまま目をつぶった。

ティンファが集中しているのを確認し、俺はレラルに合図を送る。

「……あっ！　立ち上がった？　手……右手？　を私の肩に置いて……」

俺もオースト爺さんに言われて、最初はスノーで同じことをやったものだ。

「俺もやるか」

今日の反省から改めて訓練しようと思った。

呼吸を整えて心を静め、目をつぶって周囲を探る。

ゆっくりと魔素を辿り、近辺の生物の気配を把握すると、風に自分の魔力を乗せて範囲を広げた。

森の中の小動物や虫などの小さな気配まで拾うと、数が多すぎてすぐに疲れてしまう。

目的は敵意を持ち襲ってくる相手を探すことなので、スノーの気配を恐れて近寄ってこない小さな反応は除外する。魔物か魔獣の気配は大きいので、そういうものがないか探した。

よし。今この周囲にいるのは、小さな生き物と魔物が少しだけだ。こちらに近づいてくる気配もなし、と。

周囲の感知を終えると、空へも意識を向けてみる。

空を飛ぶことのできる魔物や魔獣は、一瞬で警戒範囲を越えてくる。それに俺には空の感知がしきれず、狭い範囲しか探ることができない。

だが今は、集中して風に魔力を乗せているからか、少し離れたところを飛ぶアディーの気配を察知することができた。

『アディー。今日の夕食は早めにするから』

せっかくなので、そのまま風に魔力を乗せて念話を届ける。

『これくらいの警戒は、何をやっていても常にできるようにな』

『……が、頑張るよ。今夜はアディーの好きな肉にするな』

念話の範囲外だったのに、易々（やすやす）と届いたアディーの小言に苦笑を漏らさざるをえない。

そっと目を開けると、目をつぶったまま集中するティンファの姿が見えた。

するとスノーが尋ねてくる。

『アリト？　何してるの？』

『警戒の修業だよ。んー。魔物の気配は、向こうに小さいのが二つ、あっちに一つ、そして後ろ側に中くらいのが一つ、だよな？』

『うん。どの気配もこっちに気がついてないの。敵意もないから大丈夫なの』

敵意がないとかは俺にはわからないが、こちらに気づいているかどうかは、なんとなく把握できるようになってきた。

今度は目を開けたまま、同じように風に魔力を乗せて警戒網を維持する。

けれど、視覚情報が入ってきたことで、注意力が散漫になってどんどん警戒網が狭まっていくのがわかった。

先ほどと同じくらい集中しているつもりなのに、アディーの気配など全然つかめない。

そうしている間に、辺りはすっかり暗くなっていた。

結構長い時間、集中していたんだな。さて、夕食の準備をするか。

このまま警戒しながら、他のことをしていても気配を見失わないための訓練だ。

ティンファの集中を乱さないように気をつけつつ、カバンから調理器具や材料をそっと取り出していく。

「あっ、アリトさん。夕食の支度なら手伝います」

「ごめん、集中の邪魔をしちゃったかな」

「……なんとなく膝の上のレラルちゃんの動きがわかるようになって、周囲だけなら動く気配がぼんやりと把握できた気がします」

ティンファは元々、木に気配を同化させることで、ほぼ完全に気配を殺すことができる。

同化の際には、自身の意識を内に閉じ込める。だからそれとは逆の、意識を外へと向ける警戒もティンファはやればできるだろうと思ってはいたが。それにしても優秀だな、ティンファは。

「今、俺の動きを察したことで、さっきまで感じていた周囲の気配がわからなくなったんじゃないか？」

「あっ！　そうですね。もう全然周囲の気配を感じとれないです……」

「集中すれば、結構気配を感じられるだろう？　でも、動きながら常に気配を感じるのはとても難しいんだ。覚えるには繰り返しの訓練しかないから、今日はそこで目を閉じて俺の動きが気配だけでわかるかやってみて。レラルは答え合わせを手伝ってあげてくれ」

「わかったよ！　わたし、ティンファのこともっと手伝う！」

今の感じだと、ティンファは何かをしながらの気配察知も訓練すれば大丈夫だと思うが、さっき魔物に襲われそうになったばかりなのだ。今日はゆっくりしていて欲しいから、ちょうどいいだろう。

「……じゃあお願いね、レラルちゃん。すみません、アリトさん。ではやってみます」

俺はティンファに背を向け、作った竈の隣にコンロを並べる。

今日は……思いっきり美味しいものを食べたいな。

匂いが漂うけど、警戒の訓練の一環だと思って風で空気を散らさずに作ろう。匂いで近づいてきた気配を察知する練習だ。

ご飯は炊くとして……乳がダメになる前に使い切らないといけないから、ウインナーを入れてシチューとサラダにしよう。

『スノー。ちょっと手の込んだ料理を作るから、匂いに釣られて魔物や魔獣が来るかもしれない。俺も警戒しながら料理するけど、もし俺が気づかない時には教えてくれないか？』

『わかったの。じゃあ、アリトが察知できる範囲に入っても気づかない時には言うね』

『頼んだぞ』

俺が頼んだからか、ふりふりと尻尾を振り、耳をピクピクさせてご機嫌なスノーの頭を撫で、ついでにその背にリアンを乗せた。

この世界の米――ラースラを洗って水に浸け、鍋を火にかけて野菜を刻む。

ウインナーは燻製に手慣れてきた頃、キーリエフさんの屋敷の料理長ゲーリクさんと相談しながら作ったものだ。

動物や魔物などは、基本的に狩ったらその場で解体してしまうから街に内臓は入ってこない。だから腸に代わる肉を詰めるものを、キーリエフさんの屋敷に勤める執事、ゼラスさんに相談した。

結果としては、ゼラスさんが王都から仕入れたある植物を使うことで解決した。

ふきのように茎がしっかりしているそのブーナという植物は、固い皮に覆われている。皮は剥(む)いて捨てられるので、ゼラスさんはそこに目をつけたらしい。

皮も食べられないわけではなく、直径が三センチから五センチくらいあって太さもちょうど良かった。

皮にしっかりと塩をもみ込み、湯がいたものに肉を詰めてみたところ、パリッとしたあらびきウインナーの食感はないが、燻製にするとプチッと切れてなかなか美味しく仕上がった。

あらびきウインナーを食べたことがないゲーリクさんは、その食感に目を丸くして夢中で食べていたよ。ドルムダさんはもちろん、酒を取り出していた。

肉は魔物や魔獣、動物など種類が多いので、ウインナー作りは様々な肉で試作された。

お蔭で街を出る時に、大量の美味しいウインナーを貰うことができたのだ。

野菜を入れた鍋にそのウインナーを入れて煮込む。米は土鍋で炊き出したし、あとは乳でホワイトソースを作って……。

『スノー、斜め後ろから魔物が来るよな。んー、数は三体、か？　中型で、木の枝を伝って近づいてきてる』

『うん、そうだよ。匂いに釣られてきたみたいだから、敵意があるの。どうするの？』

『ティンファがさっき襲われそうになったばかりだから、スノー、悪いけどちょっと倒してきてくれるか？　ちゃんとその間も俺は警戒しているから』

『わかったの。じゃあ、行ってくるね』

料理をしている俺のそばで寝ころんでいたスノーが、一瞬で起き上がって走っていった。

なんとか事前に察知できたな。

警戒網で感じた魔物の気配が当たっていたことにほっとする。

「あ、あれ？　んーと、さっきまで動かなかった大きな気配が……もしかしてスノーちゃん、今走っていきましたか？」

「よく察知したね。スノー、気配を殺していたのに」

「動き出したのはわかりませんでしたよ。ただ、そこにあった気配がなくなったので気づいたんです」

「匂いに釣られて近づいてきた魔物の気配があったから、スノーに対処を頼んだんだ。大丈夫だよ。もうすぐご飯ができるから、もう少し続けていてくれ」

「はい！　……さっきから美味しそうな匂いがするので、気になって何度も集中が乱れそうになっちゃいました。でも、頑張ります！」

「レラルも！　美味しそうな匂いのご飯が楽しみで、気配に気がつくの遅れちゃった。レラルも頑張るよ！」

それからシチューが仕上がる前に、無事にスノーが倒した魔物を持って戻ってきた。それを手早く解体してから夕食にする。

夕食を食べ終え、日課のブラッシングをしてからもふもふした後も、警戒を継続しながら眠りについた。もちろん、結界用の魔力結晶も埋めてある。

夜間は何度か小さな獣と魔物に反応して起きたが、襲われることはなかったので倒しはせずに朝を迎えた。

◆　◆　◆

翌日からは目印を追いながら森を進み、五日後には次の集落に辿り着いた。その間も何度か魔物の襲撃はあったが、油断することなく全員で対処することができた。

その集落には一晩泊まり、小麦を含む食料や調味料、それにここら辺では採れない薬草などと集落付近でよく採れるものを交換した。

この集落も前の集落と同じような状況だが、さらに王都から離れているので買い出しは毎回約一月(ひとつき)近くかかるそうだ。だから物資交換の申し出はとても喜ばれた。

もちろん、旅立つ前にマジックバッグを三つ渡したぞ。

その集落から五日間進めば、エリンフォードの国とアルブレド帝国との国境前の最後の集落に着

く と教えてもらった。そして旅立ち、今日で四日目になる。

「明日には最後の集落に着きますね」

「そうだな。思ったよりも森が深くない場所を通ってこられたから助かったよ」

目印を追うルートは、それとなく森が深い危険な場所を避けて作られていた。そのことは偵察に飛んでいるアディーから聞いて知ったことだが。

そのお蔭で、厄介な敵に不意打ちで襲われたり、そろそろ棲んでいてもおかしくない上級の強い魔物や魔獣にも出会ったりすることなく、ここまで来ている。

「次の集落の後はいつ休めるかわからないから、何日か泊めてもらおうか。休んでいる間に、集落で北の辺境地について色々聞いてみよう」

上級魔物や魔獣がいるだろう森の中を野営しながら旅をするのは、さすがにティンファにはかなり負担になっているはずだ。それでも、いつも笑顔で接してくれるティンファに、しっかりとした休憩が必要だと感じていた。

『アディー、今日の野営場所まであとどのくらいだ？　野営中に襲ってきそうな魔物は近辺にいるか？』

『日暮れ前には着く。魔物は離れた場所にいるが、どう動くかはわからん』

昼食後に大分歩いたから、もうすぐってところか。

顔を上げて日差しの角度を確認する。

大きな太陽が沈んでも、今の時期は小さな太陽が地平線近くをかすめるように動いているので、日暮れは早くても真っ暗になるのは遅い。その分、野営の時の警戒が楽で助かっている。

警戒しながら、ティンファと交代で薬草や野草などを採取しつつ野営場所を目指す。

木の上の果物や木の実は、リアンとイリンが採ってきてくれるのでとても楽だ。

今日も美味しそうな果物が採れて、夕食後のデザートにいいなと期待した。

『アリト。向こうから人が来るぞ。ずっと森の中をうろついていたが、お前たちと目的地は同じだろうな。どうする？』

アディーからその報告を貰って、つい足を止めてしまった。

『……次の集落の人たちだろうな。アディー、その人たちは何人だ？　種族はわかるか？』

『恐らく獣人だな。耳と尻尾が見える。エルフも一緒か。男ばかりで五人だな』

「五人、か……。それに獣人も、となると判断に迷うかな」

ここまでの集落でも獣人の姿は見かけた。ただ、他の種族に比べるとかなり少数だ。

エリンフォード国側の森には獣人族はほぼいないと聞いていたから、アルブレド帝国から逃げてきた人たちだろう。

「アリトさん？」

ティンファが心配そうにこちらを見ていた。その可愛らしい顔に、つい警戒を緩めそうになったが、なんとか落ち着いて集中を取り戻す。

「同じ野営場所に向かう人がいるみたいなんだ。なあ、スノー。スノーは人の気配を感じるか?」

『んー? んんんー……。動物じゃない気配はするかな? こっちに気づいてないし、かなり遠いからわかりにくいの。アリトは気になるの?』

「……まあ、今気にしても仕方ないか。昼食の場所に戻るのもなんだし、確認してみよう」

こんな森の中で、顔を合わせただけで襲ってくるとは考えづらい。

『近づいたら、警戒をお願いいな』

『わかったの』

「とりあえず行こう、ティンファ。目印のある道を知っているのだから、この先の集落の人だと思うんだ。警戒だけはしておかないといけないいけど」

「はい、わかりました。急ぎますか?」

採取せずに向かえば、恐らくあの人たちよりも先に野営場所へ着くことができる、か。

「そうだね。採るのは薬草とハーブだけにしよう。野草もキノコも十分にあるし。レラルも、リアンとイリンも警戒をお願いいな」

皆からの返事を聞き、慎重に歩き出す。

かなり警戒をしていたが、野営場所に着くまでの間に、一度だけ魔物の襲撃を受けた。

敵は気づきにくい虫型の魔物で、木の上から襲撃されて思わず風の刃を派手に空へと放ってしまった……。

当然、アディーには『魔法はきちんと相手を狙って使え！』と小言を貰った。その魔法で向こう側の獣人たちも、自分以外の人がこの森にいることに気がついただろう、とも。

「大丈夫です、アリトさん。私も思わず風魔法を使ってしまいましたし、あれは仕方ないですよ」

そう。木の上から降ってきた毛虫のような姿の魔物に、反射的に魔法を使ってしまったのは仕方ないと思う。

……ティンファが使ったのは、自分の周りに風のバリアを張る魔法だったけどな！

「うん、ありがとう。アディーが野営場所までもう少しだって言っていたから、とりあえず急いで向かおう」

「はい」

リアンとイリンに木の上を先行してもらい、残りの距離を急いで歩く。

でも、先ほどの魔法で魔物が逃げたのか、襲われることなく野営場所まで着くことができた。

『アディー。向こうはどうだ？　じきに着きそうかな？』

『ふん。さっきのお前の魔法で、獣人たちも急いで向かっている。もうすぐ着くだろう』

『じゃあ、近くなったら知らせてくれ』

相手は五人もいるので、七人で野営するとなるとかなり狭くなる。

なので隅に竈を作り、いつものようにコンロを出してお湯を沸かした。

「ティンファ。お茶を頼めるか？　向こうの人が来たらとりあえずお茶にしよう」

そうお願いした後、スノーに念話を送る。

『スノー、どうだ？　気配に敵意とかはないよな？』

『こっちに気づいたけど、敵意はないの』

足元に寄ってきたレラルを撫でながら、次にすることを考える。

もし集落の人だったら、夕食も一緒にとりながら話を聞こうか。食事は……やはりスープと焼肉とパンくらいかな？

周囲の警戒を緩めずに、カバンから使うものを出して仕込みを始めた。

そうして大鍋を火に掛け、野菜の下ごしらえをしていると——

『まもなくだぞ』

『もうすぐ来るの』

アディーとスノーから同時に報告が来た。

そして来るという方向を意識すると、警戒網に気配を感じる。

「ティンファ。もうすぐ来るみたいだ。警戒をしたまま注意して対応してくれ」

「はい。帽子、かぶったほうがいいですか？」

「……ティンファの好きにしていいよ」

あまり見ない獣人でも、この森の中に犯罪組織が！　なんてことはないだろう。多分、大丈夫だ。

ティンファが危険な目に遭ったら……という不安を押しのけながら、なんとか微笑むことに成功した。

ティンファの耳も含めてティンファなのだから、俺の本心ではありのままの姿でのびのびとしていて欲しい。

「……はい。では、このまま会いますね」

多分、ティンファは俺の不安もわかっているのだろう。浮かべた微笑みにティンファの優しさが感じられた。

俺も、もっともっと強くならないと。

ティンファの微笑みを見るたびに、何度でも決意する。

身構えていたら警戒されてしまうだろうと思い、遠巻きに見られているのに気づかないふりをして料理を続けていると、五人が近づいてきた。さすがにスノーには警戒しているらしい。

「こんにちは。こんな場所で人に会うなんて、驚いたよ」

俺に声を掛けてきたのは、恐らく獣人とエルフの血が入っているだろう人だ。筋肉のついたがっちりとした身体に、耳の位置に獣の耳があった。

他はエルフと思しき男が一人に、獣人の特徴を持つ人が二人、それから妖精族の血が入っているだろう小柄な男の人が一人。

ゆっくりと立ち上がり、声を掛けてきた男性にその場で言葉を返す。

「こんにちは。俺たちは北の辺境地まで旅をしています。この森の途中で、たまたま集落の人に会って、道のことを教えてもらいました」

「そうなのか。……ああ！　そういえば前に手紙が来ていたな。集落に旅人が訪れるだろう、と。それは君たちのことか！」

「ああ、確かに長老が他の集落に連絡をしておくと言っていました」

鳥を使って手紙を出したのだと思うけど、情報が伝わるのが結構速いんだな。

「なんでも、食料を分けてくれるとか。本当か？」

まあ、俺たちの荷物の少なさを見れば、不審に思うのも無理はない。

マジックバッグを目の前で使ってみせたって、皆信じられないと驚くのだ。キーリエフさんの名前を出せば、受け入れられたが。

「はい。俺たちは食料に余裕があるので、二つ前の集落で『他の集落へ寄るなら、できれば分けて欲しい』、と頼まれました。この先の集落の方ですか？」

「……ああ、俺たちは近くの集落の者だ。王都までは距離があるから、ほとんどが自給自足でな。分けてもらえるなら助かる」

やはり集落の人だったのか、と納得していると、羽ばたく音とともにアディーが俺の肩に下りてきた。

『どうしたんだ、アディー。この人たちに敵意はないだろ？　警戒しているのはお互い様だしな』

『ふん。こうしたほうがてっとり早い』

ん？

アディーの言葉の意味がわからず問い返そうとすると。

「ウィラール！　そ、その鳥は貴方の従魔ですか？」

黙ってこちらを警戒していたエルフの人が、アディーの姿を見て声を上げた。目と口を大きく開けて、呆然としている。

「え、あ、はい。アディーは俺の従魔ですが」

「いやぁ、すまない！　手紙にはそこまで書いてなかったんだ！　君たちを歓迎するよ」

ええ？　ど、どういうことだ？

満面の笑みを浮かべるノイティと名乗ったエルフに、ティンファと顔を見合わせてしまった。

第五話　国境の森へ

アディーの姿に驚いたノイティは、自分の育った集落で『ウィラール』がどれだけ重要とされているかを語ってくれた。

「エルフはご存知の通り、霊山を起源としています。原初のエルフは霊山で暮らしていたそうですが、長い時を経て霊山を下りて森の中へ、そして森の外へと居を移していきました。もちろん、今でもしかしたら霊山で暮らしているハイ・エルフの方々がいらっしゃるかもしれませんし、こうやって森の中の集落で過ごすエルフもいますが」

そう言われて、キーリエフさんに連れていってもらった霊山の姿を思い出す。

峻厳なる姿と、あの厳かな空間を。

「私が生まれた集落は、今の王都ができた時に霊山の麓近くから出てきた者たちが作ったものです。祖母や長老が、力が足りなくなって霊山から離れてしまった、と悔しそうに繰り返し語るのを聞いて育ちました」

霊山は魔力濃度が極めて高く、その環境に耐えられる種族は限られている。

原初のエルフは霊山で暮らしていたそうだが、時の流れとともに魔力濃度に耐えられない者が出てきた。彼らは山を下り、麓の森へ、さらに平原へと移り住んでいったという。

キーリエフさんも、霊山に向かう途中にあった集落の廃墟を寂しそうに見つめていた。

何があって、原初に近く今ではハイ・エルフと呼ばれているオースト爺さんやキーリエフさんと、他のエルフの人たちが違ってしまったのかはわからない。

けれど……。

森の外で暮らしたい人もいるし、やはり戻りたいと思う人たちもいるんだよな。

「霊山の上空を、空を切り取ったような鮮やかな羽を翻しながら飛ぶウィラールは、霊山への思慕の象徴だったと。ウィラールが飛ぶ姿をまた見たいと長老が何度も語るので、俺も子供の頃から憧れていたんです」

霊山へ行った時、アディーが霊山の周囲を飛んでいたのはやはり故郷だったからなのか。なんで故郷を離れてあの『死の森』にいたのかは、アディーはまだ語ってくれないけれど。

「だから姿は小さくても、すぐに気づきました。そんなウィラールを従魔にしているアリトさんたちのことを、信用できないなんてことはありえないですよ」

そううれしそうに笑って、ノイティさんはアディーが飛んでいった空を見つめた。

……キラキラした眼差しでノイティさんに見つめられ、他の四人にもジロジロと観察されたものだから、アディーは嫌がってすぐに飛んでいっちゃったのだ。

ノイティさんたちは、定期的に泊まりがけで大物を狩りに出ていて、今もその途中とのこと。今回はまだ獲物は狩れていないが、俺たちを連れて集落へ一緒に戻ることになった。客人を案内するのは当然なのだそうだ。

全員で自己紹介をした後は、準備していたティンファのハーブティーを淹れた。そして俺の作った夕食を出したら涙を流さんばかりに喜んで食べてくれた。

……まあ、当然のごとく足りなくなって、何度も肉を焼いて追加したけどな！　やっぱり屈強な男五人は、食べる量も半端なかった！

そうして夕食をとりながら、色々なことを話してくれた。

「やはり……アルブレド帝国には、もう人族以外はほぼいないんですね」

「そうだな。差別が酷かったから、先祖から住んでいる森に未練はあったけど出てきたって、ばあさんが言っていたよ」

そう言ったのは、ほぼ獣人の外見をしているバダンさんだ。純粋な獣人ではなく、混血だそうだが。

バダンさんと、もう一人の獣人であるヤギラさんは、アルブレド帝国ができる以前からその土地に住んでいた獣人族の血を引いているらしい。

アルブレド帝国は、元々獣人たちも住んでいた土地に、後からやってきた人族が建国した。人族至上主義国家であるため、建国前からその土地に住んでいた他の種族は、住みづらくなってしまったのだ。

祖父母の代に帝国の領土を出て、集落に迎え入れられて一緒に暮らすことになったという。帝国に近いこともあって、次の集落に帝国を出た獣人族の血を引いている人がかなりいるそうだ。

でも集落の住人の数は、他のところとほぼ変わらないらしい。集落に居つかずに出ていく人もいたし、やはり若い人は街へ出ていくことも多いそうだ。

「今はこの森の中まで帝国の軍隊が入ってくることはないが、昔は森を開拓するって張り切っていた時期があったらしくてな。その時に、森の中に住んでいた獣人族や妖精族の集落は、ほとんどがエリンフォードの側へと移ったそうだ。まあ、うちのじいさんは帝国の街には行ったことがなくて、『街で暮らしていると差別がある』と噂で聞いただけだって言っていたから、よくは知らないがな」

そう話してくれたのはヤギラさん。

とはいえ開拓目的で森に侵攻してきた帝国の軍隊は、さほど奥へは進めなかったらしい。

まあ、いくら軍隊でも魔獣が徘徊(はいかい)する森では勝手が違うということだろう。

今の帝国の状況はほぼわからないそうだが、とてもいい情報を聞くこともできた。

ヤギラさんたちが暮らすところは確かにエリンフォード北の辺境地に入る前の最後の集落だが、そこから北北東に森の中を進んでいけば、妖精族が住む昔ながらの村があるらしい。

妖精族の村は帝国にもエリンフォードにも含まれていない、言うなれば北の辺境地の外れに位置しているということだ。

「まあ、北の辺境地へ向かうなんて物好きだとは思うが、それでも行くなら妖精族の村へ寄っていくといい。あそことは少ないながらも交流があるから、うちの集落の長が紹介状を書いてくれるだろう。それに、確か妖精族の村の奥にも集落があるとか聞いたことがあるしな」

親切に教えてくれたヤギラさんに、俺はお礼を言う。

「はい、頼んでみます。皆さんの集落で最後だと思っていたので、とても助かります」

「おう。毎日こんな深い森の中での野営なんて、いくらとんでもない従魔たちがいたって大変だろうからな！」

そう言ってスノーを見るのはバダンさんだ。キラキラとした眼差しで見ているから、フェンリルだと気づいているのだろう。

一通り話をした後、布団は出さずに野営した。

バダンさんたちを信用していないわけではないが、どこまで見せるかの線引きは難しい。

スノーにはティンファと寝てもらったぞ。そのほうが安心できるし、俺だけふかふかもふもふなスノーのお腹で寝る、というのもな……。

◆　◆　◆

五人と俺で交代しながら夜番をし、無事に朝を迎えることができた。

『アディー、ありがとうな。襲撃されてもスノーが撃退してくれただろうけど、ティンファを起こすことになるから。助かったよ』

『フン。次の集落では何日か休ませてもらえ』

そう。夜間に襲撃しようとする魔物はいたみたいだが、微かな気配に気づいて起きた時にはもう、消えていた。見張りの当番だったヤギラさんも、不思議そうな顔をしていたな。

あれはアディーが先に倒してくれたのだ。スノーのお腹で寝ていたティンファを起こすまいという気遣いからだろう。

本当に、俺にはもったいない仲間だよな……。

アディーだってスノーだって、本当は俺なんかが何もせずとも、自分で全ての危険を排除することができる。

でも、俺ができるだけ自分の力で北の辺境地まで行くと言ったから、それを尊重して見守ってくれているのだ。

そんな俺に付き合っているティンファのことも、折々で気遣ってくれている。

アディーはツンデレだけど、とても優しい。普段自分で魔物を倒すことをしないのも、俺が戦闘経験を積むためだし。

あれこれと考えながら、俺は手早く朝食を作った。

「朝食の用意、できましたよ！」

荷物を纏めているバダンさんたちに声を掛け、食事を運ぶ。

「すみません、アリトさん。昨晩は話を聞きながら寝てしまったみたいで……」

「スノーのお腹は気持ちいいからね。気にしないで。よく眠れたみたいでよかったよ」

寝てしまっていたティンファを、五人組も夜番の要員には入れないでいいと言ってくれたのだ。

「はい！　もうお腹のもふもふ具合がとても素晴らしくて、気持ちよく寝させてもらいました」

スノーのお腹のもふもふに包まれたら、眠くなるのは仕方ない。あれは至福の心地よさだからな。

それに、疲れが溜（た）まっていたせいもあるのだろうが……。

『アリト。スノーのお腹、気持ちいいの？』

『うん、すっごく、すっごく気持ちいいよ!!　スノーのもふもふは最高だよ！』

『えへへへへ』

　スノーがデレデレとうれしそうに、ぐりぐりと背中に頭を押しつけてきた。

　何度か押し倒されそうになった時に注意したからか、力加減がちょうどよく、背中に当たるもふもふを堪能できる。うちの子、素晴らしい！

　朝食を並べると、昨夜と同じく五人は美味しい美味しいと凄い勢いで食べ、結局また追加を作って出すことになった。

「本当に狩りを途中で引き上げてしまっていいのですか？　俺たちなら、目印を辿って集落まで行けますので……」

「いいのですよ。まだ肉には余裕があったはずですから。前の集落から手紙はちゃんと届いていますが、俺たちのようにすっかり忘れていた、なんてこともあるかもしれませんし」

　気にしないでください、とニコニコ笑いながら、ノイティさんは食事中のアディーを眺めていた。……いや、アディー。俺の後ろに隠れないでいいから！

「で、では獲物がいたら狩りながら集落へ行きましょう。俺も弓と魔法が使えますし、従魔たちもいますから」

　そう言ってから、アディーに視線を送る。

『ごめん、アディー。この周辺に肉が採れそうな大型の魔物がいたら、こっちに追い込んでくれないか？　彼らを手ぶらで帰すのも悪いから……』

『仕方ない、少しだけ手を貸してやろう。それ以外はそっちでやるんだな』

ついまたアディーに頼んでしまった。アディーに甘えてばかりだな……。

「そうか？　わかった。まあ警戒だけは切らさずに行こう」

「はい」

バダンさんのそんな合図で、俺たちは出発した。五人と一緒に歩きながら、薬草を見つけた時だけ採取させてもらう。

そうして歩いているうちに、まもなく休憩場所に着くというところまで来た。

「ティンファ、大丈夫か？　あまり途中で休んでいないけど」

「大丈夫です。それに、ほら。こうやって狩りをしている時間がありますから」

そっと声を抑えて会話する。ノイティさんが弓で鳥を仕留めたのだ。

道すがら、鳥や兎のような動物を見かけるたびに狩りをして、今ので三回目だった。

『おい、そっちに大型の魔物を追い込んだぞ』

「すみません、今から大型の魔物がこっちに来るそうです。狩りましょう」

「お？　ああ、ウィラールからか？　……うん、あっちからだな。よし！　狩るぞ！」

「「「「おう」」」」

声を掛けるとすぐにバダンさんは来る方向を感知し、一瞬で戦闘態勢に入った。他の四人もすぐに自分の武器を構える。

『アリト！　アリトも警戒して！』

『あ!!　ご、ごめん、スノー。じゃあ俺は、後ろを警戒しながら弓を射るから、スノーは皆の様子を見つつサポートしてあげてくれないか？』

『わかったの』

バダンさんたちに気を取られて、つい警戒を解いてしまった。

スノーに指摘され、慌てて周囲を警戒しながら矢を用意する。

ティンファもきちんとレラルと魔物の来る方へ顔を向け、警戒していた。

「来るぞ！」

響く足音とともに猪に似た大型の魔物が前方から突撃してきた瞬間、五人が攻撃に移った。

ノイティさんが弓を射たと同時にバダンさんとヤギラさんが走り込み、残りの二人は左右に分かれて風の魔法を放つ。

勝負は一瞬でついた。

俺が矢を射る隙などない。スノーも手出しすることなく、その場から動かずに警戒していた。

「よし！　急いで解体して、持てる分だけ持って帰るぞ！」

魔物の息の根が完全に止まったのを確認すると、そのままあっという間に解体に入る。ノイティさんが風魔法で吊り上げ、血抜きも一瞬だ。

「あっ！　肉なら全部持てます。血抜きが終わったら、このバッグにそのまま入れますから、集落でゆっくり解体してください」

あまりの早業（はやわざ）に血抜きの手伝いは申し出られなかったが、咄嗟にマジックバッグを取り出した。

「ん？　……そのカバンには、どう見ても入らなそうだが？」

そう言って不思議な顔をした皆に説明し、実際に肉をマジックバッグに入れてみせた。

やっぱり驚いていたが、便利だと受け入れてもらえたので一安心だ。

その後は無事に休憩場所で昼食をとり、集落へも日暮れ前には着くことができたのだった。


エリンフォードの国内最後の集落では、とても歓迎された。

やはり狩った獲物の肉を全て持ち帰れるマジックバッグは非常に喜ばれた。

マジックバッグから取り出した丸ごとの獲物には歓声が上がり、快（こころよ）く滞在を許可してもらえた。

この集落では、森に自生している食べられる芋や野草、狩った魔物の肉を食料としている。芋と野草に関しては、栽培も行っているとのことだった。

王都への買い出しは年に三回ほど。食料品よりも生活雑貨などを優先しているらしく、集落の人々はマジックバッグがあれば小麦などの穀物も手に入れられると言ってうれしそうだ。

その話を聞いて、マジックバッグは、ここでも買い出し用と狩り用に合わせて三つ渡した。

他には、今までの集落と同じく俺の持っている食材と、ここら辺で採れる果物や薬草などを交換した。この先は薬草を採りながら警戒しつつ歩くのが難しくなるので、ありがたく薬草も分けて貰う。

ちなみに、マジックバッグは野営の時に、こつこつと作り足している。

ドルムダさんと改良を重ねて作った、最初から容量が多いマジックバッグだ。『死の森』の中でも魔力濃度の高い魔物の皮を使い、大きな背負い袋状にしてある。そうなると材料もそれなりに消費し、余るほどあったはずの在庫が減ってきた。

そろそろオースト爺さんからアディーたち用に『死の森』の肉が届く頃なので、返信の手紙には皮も送って欲しいと書くつもりだ。

ここはもう辺境地一歩手前なので、以降の森にはかなり強い魔物や魔獣ばかりが出ると思う。そうなると魔力濃度の高い肉は自分たちで調達できるので、爺さんとの荷物交換も次でしばらく休みになるだろう。

爺さんへのお返しは、集落で貰った果実やハーブで作った焼肉用のタレ、薬草などだ。

結局、この集落には一週間泊まらせてもらい、ゆっくりと休みを取った。

お蔭でティンファも元気になったので、今日からはまた北へと向かう。

一週間の休みの間に、アルブレド帝国やこの先の北の辺境地のことなど、集落の人々が知っている限りの情報を教えてもらうことができた。

帝国にはやはり、もう純粋な獣人はいないだろうとのことだ。差別の詳細も聞いた。

『人族至上主義』のイメージ通り、獣人や他の種族は満足な職に就けず、街中で自由に暮らすこともできない。酷いと街を歩いているだけで貴族に殺されることもあったそうだ。

だから獣人はほとんど街中へ出ず、なるべく元から暮らす土地にいた。

そして帝国の他種族に対しての差別がどんどん加速していった頃、土地を離れてエリンフォード側やどこの国にも属していないこの森の奥へと移住したそうだ。

人族よりも獣人のほうが体格も力も上なので、無理やり奴隷にされることはあまりなかったが、日々の争いを好まない獣人たちは先祖代々の土地を離れたという。

それを聞くと、やはりどこにでも人の横暴というものはあるのだと、少し寂しさを覚えた。

「もしこの先の村で何か異変があれば、申し訳ないのですが、アディー殿に私まで手紙を届けさせてもらえるでしょうか。妖精族の村とは年に二度の交流しかないので、情報をいただけると助かるのです」

見送りに来てくれた集落の長老が、そう言って頭を下げた。

「はい。その時はすぐにお知らせします。色々とありがとうございました」

「こちらこそ、様々な物資を提供してもらって大変助かりました。ではこの先の妖精族の村へは、目印を辿れば辿り着きますでの。気をつけて行きなされ」

オースト爺さんより年配に見えるエルフの長老が、微笑みながらそう声を掛けてくれた。

「気をつけていけよ！　しっかりな！」

「この先で何かあったら、知らせをくれればすぐ駆けつけるからな！」

「美味しい食事もありがとう！　またね！」

そんなバダンさんたちからの声に、手を振りながら集落を出た。

集落に滞在していた一週間、様々な調理方法や味付けなどを教えながら食事の用意をしていた。

特に果汁で漬け込んでから焼く焼肉は、男たちにかなり人気だったな。

狩りで得る肉は毎日食べるものなので、何種類もの味付けは抱きつかれそうになったくらいに喜ばれた。

「ふふふ。どこに行ってもアリトさんの料理は好評ですね。アリトさんの料理を食べて、みんなが笑顔になるのを見ていると、私もうれしくなっちゃいます」

「まあ色々なものを使った調味料で味付けするから、珍しいのもあるんだろうな。俺が育ったのは、食にこだわりがある国だったからね」

地球にいた頃の日本食ブームを思い出す。テレビで各国でアレンジされた日本食を見ながら、斬新な調味料のアレンジに唸（うな）ったものだ。俺の料理は基本、おふくろの味ならぬ、祖母の味だからな。

「そんな国で育ったなら、この世界の料理は味気なかったでしょう。それなのにアリトさんは、あるもので美味しい料理を作ってくれて。美味しい料理を食べると、とても幸せになります。ありがとうございます、アリトさん」

適度に安全で安定した生活ができ、いつでも美味しいものを食べられたら毎日幸せだ。それが俺の望む暮らしだと思いながら、料理もしてきた。

まあ単純に、どうせ食べるなら美味しいもののほうがいい、ということもあるが。

でも、改めてお礼を言われると、どう答えていいのか……。

「……ただ俺は、美味しいものが食べたいっていう我儘を通しているだけだよ。さあ行こう。ここから先、目印のある休憩場所は次のところで終わりだと言っていたし。そこまで急ごう」

照れ臭さでティンファの笑顔を見ていられなくて、熱くなった頬を隠すように先を歩き出した。

ここから先も、次の集落までは木に目印があるそうだ。でも、妖精族の村とは年に二度しか交流がないため、草や茂みで道が閉ざされているかもしれない、と忠告されている。

つまり、場合によっては今までよりもっと厳しい道のりになるのだ。上級の魔物や魔獣も出てくる森の中を、道も目印もなく歩くことになる。

ティンファは俺が守るんだ。気を引き締めないと。

『この先の木の上に、長い魔物いる』

少し前を木の枝を伝いながら偵察していたリアンが、俺の肩へと飛び移ってきた。

リアンもイリンも、最初はカタコトだったのに、今では大分滑らかに話せるようになっている。

『話すのに慣れたのかな？』と言ったら、アディーにバカにされたよ……。

リアンもイリンもアディーたちと同じ、オースト爺さんが送ってくれる『死の森』の上級魔物や魔獣の肉を食べている。その影響で体内の魔力濃度が上がって、どんどん知性も上がっているとのことだった。

『お、ありがとうリアン。スノー、敵意はないのか？』

『んー。向こうはこっちに気づいていないよ。……でも気づけば多分襲ってくるの』

スノーは、こちらに敵意を持つ魔物以外は俺に伝えない。もちろん、相手がすぐ近くを通る時には、敵意がなくてもキチンと忠告してくれるのだが。

今、スノーが警告をしてくれるのは、俺とリアンが気づかずに危険距離に近づいた場合のみだ。警戒は、俺の修業の一環だからな。

『回避したほうがいいか？　それとも倒すか？』

他にも魔物がいた場合、うかつに攻撃するとこちらに気づいて襲ってくることがある。

俺の警戒網には引っかかっていないが、範囲外にいる可能性は高い。

『んー。長い魔物を避けても他にいるし、全部倒したほうがいいの。バラバラにいるから、アリト、気をつけてなの！』

『わかった。ありがとう、スノー。じゃあ、この先の長い魔物は俺が弓で先制攻撃するから、場所を教えてくれ』

さすがにかなり深い森に入っているので、魔物の数が多い。ここから先は常に周囲に魔物がいると思って間違いないだろう。

「ティンファ。この少し先に魔物がいる。周囲にも他の魔物がいるから、攻撃を仕掛けたらそいつらが襲ってくると思うんだ。ティンファは気配を殺しつつ警戒して、いつでも魔法を放てるようにしておいてくれ。レラルは後ろから襲ってきたら教えてくれな」

「はい」

『わかったよ！』

ゆっくりと慎重に進み、風を纏わせて矢をつがえる。

それと同時に、蛇型の魔物がこちらに気づいた。

俺は蛇型の魔物が木の上から下り切る前に、風で矢を軌道修正して眉間へ当てる。

矢が刺さって一瞬怯んだ隙にスノーの風の刃が飛び、俺もすぐさま風の刃を放った。

魔物が切り刻まれた姿を確認する前に、斜め右から迫る気配に向かい風の刃を飛ばしてさらに矢を射る。

そして次の魔法を――と思った瞬間、今度は左後ろから気配が迫ってくるのに気づいた。

咄嗟にレラルに指示を出す。

『レラル！　左後方からの気配を頼む！　魔法で先制してくれたら、こちらでとどめを刺す！』

スノーが右の気配に向かったのを確認してから、俺も風魔法を待機させつつ、左後方へ矢をつがえる。

『んんっ!?』

レラルが作った氷の礫が気配へと飛んだが、敵の気配――獣型の魔物はそれを横に回避した。

俺は風魔法で矢の軌道を修正しつつ射り、すぐに風の刃を次々と放つ。

矢が刺さった一瞬に魔物の突進が止まり、そこに風の刃が降り注いだのに、魔物はそれすら急所から避けて血しぶきだけを上げた。

『アリト！　次来るよ！』

そのスノーの警告で、背後の上空から急速に気配が下りてくるのを感じた。

避けられない範囲の竜巻をイメージして前方の獣型の魔物に風魔法を放ち、弓を構えて振り向きざまに空からの襲撃者に矢を射る。

しかし、その矢は余裕で避けられてしまった。

風魔法で矢を軌道修正しても急旋回で回避し、そのまま俺に向かって突っ込んでくる。

それを横に飛んで避けながら地面に手をつくと、すぐさま杭をイメージした土魔法を発動した。

「キエッ！」

下から突き上げた攻撃は胴体には刺さらなかったが、なんとか羽をかすめてバランスを崩すことに成功した。

そこにレラルが飛び掛かって地面へ落とす。

「レラルちゃんっ！」

ティンファの声でレラルがどくと、ティンファから風の刃が放たれて羽をズタズタに切り裂いた。

そこにレラルが咬みつき、とどめを刺す。

『まだいるよっ！』

ティンファとレラルに気を取られていたら、スノーから念話が入って慌てて気配を探る。

あと一体か！

振り向くと、俺の左から襲い掛かろうとしていた魔物にスノーが咬みつき、風の刃で首を切り裂いたところだった。

襲いくる魔物を倒しはしたが、それでも警戒を緩めることはできない。

『ごめん、スノー。ありがとう』

もうここは『死の森』を歩いていると思っていいだろう。

集中して警戒網を築き、周囲の様子を窺う。

とりあえず今は近くに気配はないようだ。

この場で倒した魔物を解体すると、血の匂いで次々と他の魔物を呼び込むことになるので、そのままカバンに突っ込んだ。あとは血の匂いを消すために周囲と自分たちに浄化を掛ける。

「ティンファ。この先は、いつまた魔物が襲い掛かってくるかわからない。常に警戒しながら進んでくれ。イリン、レラル、ティンファに警告を頼むな。無理して倒そうとしなくていいから。襲ってきた魔物を押し返して、俺たちが向かうまで持ちこたえてくれたらいい」

「はい。足を引っ張らないように頑張ります」

「まあ、硬くなると逆に危ないから。俺もまだまだだしな。アディー！　ティンファのフォローを頼むな！」

アディーに周囲の偵察とティンファを頼み、また進み出す。

レラルは常にティンファの足元にいる。スノーは先頭で、その次に俺、レラル、ティンファとイリン。リアンは木の上から偵察だ。

採取は最低限にして、襲ってくる魔物を倒しながら進み、なんとか野営できる場所まで夕暮れ前に到着した。

ただ集落で警告された通り、道沿いに開けた場所はあったが若木や背の高い草に覆われている。そこを風の刃で切り払い、倒した若木や草を横にどけた。

『アディー。目印を辿ってこの先にあるという妖精族の村まで偵察に行って、すぐ戻ってくることはできるか？　今晩はここで休むけど、やっぱり警戒しながらの野営だと、ティンファに負担がかかるからな。いざとなったら、二人でスノーに乗ることも考えるよ』

『そうだな。では偵察してくるから、警戒だけは怠るな。こちらを窺っている魔物の数は多いぞ。この先の目印沿いの大型魔物だけは、ついでに倒しておいてやる』

『ありがとう、アディー。よろしく頼むよ』

とりあえず直径五メートルくらいの空き地を確保し、ティンファに地面を均(なら)してもらう。

その間に、スノーと一緒に周囲の魔物を倒すことにした。

『スノー。今こちらの様子を窺っている魔物を全て倒すぞ。俺は弓と魔法で正面から牽制(けんせい)するから、スノーは森に入って右回りで倒してくれるか？　夜の間に頻繁に襲撃を受けるのも面倒だし、大きくなって全力で頼むな』

『うん、いいよ！　へへへ。スノー、頑張るの。じゃあ、行ってくるね！』

スノーはそう言うと一瞬で本来の大きさに戻った。もうほとんど母親のエリルと変わらないかもしれない。

下げてきた顔を撫で、強まったスノーの気配にざわめいた魔物たちを警戒しながら、矢をカバンから取り出して戦闘準備を整える。

「アリトさん？」

「この周囲の魔物を一掃するから、ティンファはそこで警戒していてくれ。レラル、リアン、イリン。ティンファを頼むな」

「わたし頑張るよ、アリト！」

張り切るレラルに頷いてから、スノーに合図を送る。

そして俺は、正面の警戒に引っかかっている魔物に続けざまに矢を放った。

その後は時間との戦いだ。この狭い空き地を縦横無尽に駆け回りながら、森の中から襲ってくる魔物に向けて矢を射り、風の刃を放つ。

精度は低くても、スノーがとどめを刺すまで牽制できたらそれでいい。

「グオオオンッ!!」

森の中から響いたスノーの威嚇の叫びに、一瞬身が竦んで動きが止まった魔物を次々と始末していく。

ほどなくして、周囲は静まり返った。

『スノー、これで終わりかな？』

『うん。終わり。あとは逃げていったよ。この周囲にもう魔物はいないの』

『わかった。じゃあ倒した魔物を全部集めて運んできてくれるか？　血の浄化も忘れずにな』

『はーい！』

狙い通り、強者であるフェンリルのスノーの威嚇のお陰で、しばらく平穏に過ごせそうだ。

「終わったよ、ティンファ。しばらく襲撃はないと思うから、ご飯にしようか。昼食は歩きながらだったし、一息つける温かいものでも作るよ。ティンファはそのまま野営の準備をお願いな」

「お、終わったんですね。わかりました。寝床を作っておきます」

周囲を魔物に囲まれている、というのはやはり精神的にキツイだろう。

ティンファは隠そうと頑張っているけれど、前の集落で休んで顔色がよくなったはずなのに、もう青白くなっている。

自分の力で旅を続けるというのは、俺の我儘だしな。これ以上ティンファに無理をさせ続けるくらいなら、スノーやアディーに協力してもらってさっさとこの辺境地への旅を終わらせたほうがいい。

自分の中でも、もう『落ち人』であることに対しての心の整理は、ほぼ終わっているのだから。

それができたのも、ティンファが俺と一緒にいてくれるからだ。

「さあ、できたよ。食べようか」

「わああ！　今日もとっても美味しそうです！」

魔物を回収し終えて戻ってきたスノーに警戒を頼み、匂いを風で遮断して作った料理は、野菜たっぷりのスープに焼肉、それに魚の一夜干しを焼いたものとご飯だ。

「ふう。ほかほかの食事は、やっぱり身体が温まりますね」

スープを一口飲んで、にっこりと笑みを浮かべたティンファの顔色にホッとする。

「そうだな。いっぱい食べて、今夜はゆっくりと寝て休もう」

「はい！」

食後のお茶まで終えた後は、ティンファに寝床に入るよう促し、レラルとリアン、イリンにも一緒に布団に入ってもらうよう頼む。

するとやはり疲れていたのか、すぐにティンファの寝息が聞こえてきた。

布団ともふもふの温(ぬく)もりコンボは、緊張を解(ほぐ)すには充分だったようだ。ティンファがゆっくりと休めそうで一安心だな。

『で、アディー。次の村までどれくらいだった？』

『このペースで歩いていったら、あと三日はかかるな。行きがてら魔物は始末してやったが、明日には別の魔物がいるだろう』

『だよな。……スノー。獣道だけど、ティンファを乗せて走ることは可能か？　できるだけ俺は隣を走るけど、ついていけそうになかったら一緒に乗るかもしれない』

『んー？　その時は大きくなるから大丈夫だよ？　スノーより強い魔物の気配はないの！』

スノーが自慢気に尻尾をゆったり振ると、アディーも俺の考えに同意した。

『……まあ、それが無難だな。明日は様子を見ながら、ティンファをスノーに乗せたらいい』

『ああ、そうするよ。戦闘になったらスノーには魔法だけで応戦してもらうことになるから、負担になっちゃうけど。お願いな』

『うん！　頑張るの！』

『アディーも悪いけど、夜の間はよろしくな。警戒を維持しながら寝るつもりだけど、スノーも魔物を感知したら、俺を起こしてくれ』

もう結界用の魔力結晶を埋めても無駄になってしまう。なぜなら、それに引っかかる範囲に近づかれた時には手遅れになる敵ばかりだからだ。

そんなわけで、そのままスノーにもたれかかる。今夜はこのまま寝ることにした。

一度周囲の魔物を殲滅したので、すぐに襲撃はないだろうから、今のうちに寝ておこう。

スノーとアディーにおやすみの挨拶だけして、警戒を意識しながら眠りについた。

◆　◆　◆

微かに動く気配に起きた時には、うっすらと夜が明け始めていた。

寝ぼけながらも見回すと、アディーが鳥型の魔物を空き地の隅に風で積み上げていた。

『アディー、おはよう。魔物を倒してくれたのか。ありがとう』

『フン。さっさと支度をしろ』

どうやら夜の間は森からの襲撃はなかったが、空からはあったようだ。

ちょうどいいので、大きめの鳥の魔物を見繕って解体し、アディーにお願いして風の包囲をしてもらって朝からカラアゲを作った。多めに作っておいて、昼のおかずにしよう。

カラアゲとスープを完成させ、少し多く炊いたご飯で昼用のおにぎりを作り、スノーとアディーに肉を出したところでティンファたちが起きてきた。

朝から豪華な朝食に驚かれつつ食事をして、お茶にする。

「ティンファとレラルは、今日からスノーに乗ってくれ。俺はとりあえず隣を走るから。リアンとイリンは、木の上を先行して偵察をお願いな。無理な時はティンファと一緒にスノーに乗ってくれ」

「え？　……やっぱり私が足を引っ張ってしまっているんですね。でも私がスノーちゃんに乗ったら、スノーちゃんが戦えないいんじゃないですか？」

やはり気にするか。でも、上級魔物がいると昨日の偵察の時にアディーが言っていたからな。ここから先は俺だって足手まといになる場所だ。

「いいや、スノーはティンファを乗せていたって戦えるよ。俺も一緒に乗ることもあるだろうし。ここからは強い魔物が出るから、急いで行くことにしたんだ。もしティンファが気にするなら、スノーに乗っている間、風で補助するといいよ」

俺はスノーの全力疾走に乗っていられるようになるまで、とても苦労したのだが。ティンファは風魔法の制御が上手くて、スノーが走っても無理なく乗っていられるのだ。

……悔しくなんてないぞ。ちょっと虚しいけどな。

「……はい、わかりました。スノーちゃん、今日からよろしくね。自分でちゃんとスノーちゃんから落ちないように頑張るから」

『わかったの！　ティンファ、風、よろしくなの！』

「ふふふ。ティンファ、スノーが風、よろしくってさ。じゃあ、支度したら行こうか」

アディーが重ねておいてくれた魔物も全てカバンに入れ、支度を済ませると、アディーの案内で一気に走り出した。

以前リナさんにコツを教わって、足に風を纏わせるのもスムーズになった。お蔭で、今の全長二メートルほどのスノーの小走りになら、無理なくついていける。

『スノー、どうだ？　こっちに来る魔物はいるか？』

『んー？　今のところは走っているから平気。もうちょっと先には何匹か纏まっているの』

『わかった。じゃあ近づいてきたら、スノーと俺とレラルで走りながら魔法で攻撃して、さっさと通り過ぎよう』

俺の警戒網でも、周り中に気配の反応だらけだ。敵意は俺には感知できないから、こちらへと向かってくる敵かどうかの判断が難しい。

そのまま走り続け、昼食までに三度ほど魔物に襲われたが、魔法で蹴散らしながら通り過ぎた。

昼はアディーに少し開けた場所を探してもらい、周囲の魔物を一掃してから昼食にした。休憩も挟まないと、俺も疲れて走れなくなるからな。

「凄いですね。皆さん、走りながら魔物も倒してしまって。かなり進みましたか？」

ティンファに聞かれ、アディーに確認する。

『アディー、あとどのくらいで村に着きそうかな？』

『お前がもっと速く走るか、スノーに乗れば、暗くなる頃には着く』

「おおっ！　もうそんなところまで進んでいたのか。やっぱり警戒しながら歩くのと、走って突っ切るのとは速度が全然違うな！　ティンファ、急げば夜には村に着くそうだから、午後は疲れたら俺も一緒にスノーに乗るよ。スノーもお願いな！」

『わかったの！　皆乗せてもスノーは大丈夫なの！』

「わかりました！　では、風の制御は私がしますので、アリトさんはスノーちゃんと攻撃をお願いします」

「ああ。……まあ、俺が手を出すまでもないかもしれないけどな」

スノーに任せて飛ばして走ったら、ここの魔物も轢きそうだ……。スノーとアディーはこの森の魔物相手でも余裕だしな。

昼食を食べ終えてから少し周囲で採取をし、それからまた村へ向けて走り出す。

襲ってきた魔物を一度倒した後は、俺もスノーに乗った。

「ティンファ、前に乗らせてもらうよ。視界が悪くなるから、俺にしがみついてくれてかまわない。レラルは俺の前な。リアンとイリンはティンファの肩だ」

スノーに本来の大きさになってもらい、俺が前に乗る。いつもは伏せてスノーの毛にしがみついているのだが、今日は前屈みになってしっかりと掴まった。

……ティンファが風の制御をしてくれるから、俺は掴まっているだけでいい。この姿勢でしっかり踏ん張らないと。

ティンファは本当に風の制御が上手いよな。ずっと危なげなく騎乗していたし。

小さめの獣姿になったレラルを俺のお腹にすっぽりと抱え、ティンファが背中から手を回してくる。

……いや、『抱きつかれたら役得だな！』とか思ってないからな！

……くっ。でも、うれしいです、ごめんなさい。

「よ、よし。スノー、お願いな。あまり速すぎないように走ってくれ。アディー、先導、よろしくな」

『うん！　じゃあ、いっくよーーっ!?』

俺の合図とともにスノーが楽しそうに勢いよく走り出し、一気に風景が流れる。

これ、速すぎるんじゃ……と思ったら、案の定、中型の獣型の魔物を弾き飛ばした。

……まあ、いいか。ティンファの制御に俺も風を重ねれば、衝撃があっても落ちないよな。

「ティンファ、怖かったら目をつぶっていてくれ。衝撃を和らげる風の障壁を、俺も重ねて掛けるから」

「は、はいっ！」

それから結局、スノーは魔物を弾き飛ばしながら疾走し続け、予定よりも大分早く、夕暮れの頃には村へと辿り着いたのだった。

……スノーが大木を避けた時、風を制御しきれず遠心力で落ちそうになり、ティンファに思いっきり背中に縋(すが)りつかれたりしたのだが。べ、別にこれは偶然だからな！

とりあえず、スノーとレラルはとても楽しそうだったということだけは、間違いなかった。

第六話　治療と調合

妖精族の村に近づくと、様子がおかしいことがすぐにわかった。

最初に村の異常に気がついたのは、アディーだ。

もう少しで着く、というところで警告を受けて、皆でスノーに乗って楽しんでいた気持ちが一気に引き締まった。

『どうした？　アディー』

『……この先に強い魔力の反応がある。これは恐らく村が襲われているな』

『ええっ!?　お、襲われているだって!!　村が魔物にか？』

『たぶんな。どうする？』

『アディー、お願いだっ!!　先に行って様子を見て、必要なら村に加勢してくれないか！』

『ふん。では先に行く』

アディーが速度を上げて飛び去るのを見送り、スノーに確認する。

「スノー、どうだ？　わかるか？」

『んー？　この先にあんまり好きじゃない臭いの場所があって、そこに魔物がいるの。たくさんじゃないけど、強いの』

なんだって！　好きじゃない臭いってことは、もしかして魔物除けか何かがあるのか？

いずれにしても、強い魔物か魔獣に村が襲われているのは確かだよな。

ここまでの集落では、魔物の襲撃に遭ったことがあるとは聞いていない。

それだけ森の深い場所まで来ている、ということだろうか。

「アリトさん！　どうしたのですか？　この先の村に、何かあったのですか？」

予想もできなかった事態につい考え込んでいると、後ろからティンファに服を引っ張られた。

「……村が襲われているらしい。今、アディーに行ってもらったから、確認してみるよ」

とりあえず考えていても仕方がない。アディーに念話を繋げる。

『アディー、どうだ？　魔物は、村の人で倒せそうか？』

『フン。もう仕留めた。たいしたことはない魔物だったが、ここの住人には手に余るようだったからな』

『ありがとう、アディー！　さすがだな！』

でも、アディーが自ら手を下した、ということは、それだけ強大な魔物だったってことだ。そんな魔物に襲われたら村は……。

『村は、住んでいる人は、大丈夫だったのか？』

『怪我人がいるな。大きな被害にはなっていないようだが。気になるならスノーを急がせろ』

「スノー！　ごめん、スピード上げて！　ティンファ、魔物はもうアディーが倒してくれたけど、怪我人がいるみたいなんだ。急がないと」

「はい！」

一気にスノーのスピードが上がり、風の障壁を張っていてさえ圧がかかる。

「ティンファ、大丈夫か？」

「大丈夫です！　今は早く村に行かなきゃ」

前方に作った障壁をなんとか操作して流線形に変え、風を受け流すように制御する。

すると若干身体にかかる圧が弱まり、ティンファの縋りつく力も緩んだ。

『もう着くの！』

「村の前で止まってくれ！　俺がとりあえず様子を見てくるから、ティンファはスノーとレラルと待っていてくれ！」

木製の塀に囲われた村の前でスノーに止まってもらい、すぐさま飛び降りて村へと駆け込む。

『アディー！　怪我している人はどこにいる？』

『そのまま真っすぐ、中央の広場だ』

村の住居はこれまでの集落とは違い、木の上に住宅を築くのではなく、森の木を骨組みとして利用するような形で建てられていた。木と木の間を壁で繋ぎ、屋根を渡してある。

人気(ひとけ)のない細い道を走っていくと、緊迫した空気を前方に感じた。

開けた場所が見えてきて、そこに飛び込み声を上げる。

「大丈夫ですかっ！　怪我している人はいませんかっ！」

広場に走り出ると同時に、大きな鳥型の魔物の死骸が目に飛び込んできた。

よく見ると死骸の上にアディーがとまっている。その前には倒れている人と、蹲っている人たちがいた。

倒れた人に声を掛けていた小柄な男性が、広場に駆け込んだ俺に気づいたようだ。

「き、君は……？」

「そのウィラールは俺の従魔です！　俺は薬師見習いで、一応治療も少しはできますし、薬も手持ちがあります。怪我を診させてもらっていいですか？」

その男性のすぐそばに倒れている猫耳の男性へ近づき、怪我の部位を確認する。かなり出血があり、意識はないようだ。早く治療しないと。

「うっ。傷口が少しえぐれているか……。とりあえず汚れを落とした後に殺菌して、傷口を確認しよう」

ざっと見たところ、太ももにかなり大きな傷があるが、他は小さな切り傷ばかりだ。

まず全身の汚れを落とすためと、傷口の洗浄のために殺菌をイメージして浄化魔法をかけた。

そして傷の具合を改めて診てから、今度は止血と治療促進をイメージして魔法を使う。

他の切り傷にも作用するようにイメージすると、手のひらから男性の全身へと、ほのかな光が広がった。

「くっ」

浄化魔法に反応して、男性が身じろぎした。少し意識が戻ったようだ。

「治療しますから、少し動かしますよ」

声を掛けてから、横に倒れている身体を治療しやすいように仰向けにゆっくりと変える。

そうしていると、最初に声を掛けてきた男性が俺の治療の様子を見て、少し足を引きずりながら離れていき、振り返った。

「すまん。治療できる人を連れてくる。その間に他の怪我人も診てくれるか？」

「はい。次に傷が深い人を教えてください。重傷の人から診ていきます。貴方の怪我は大丈夫ですか？」

周囲を見渡せば、早く治療しないと取り返しがつかなくなりそうな人もいる。

「ああ。俺は倒れた時に足を捻っただけだから後でいい。おいっ！　元気なヤツは倒れているヤツの傷を確認して、この人に教えてやってくれ！　俺はばあさん呼びにいくから！」

大きくえぐれた傷口は血が止まりかけていたので、カバンから薬と布を取り出して次の処置をする。

傷口を合わせて、止血と化膿や破傷風を防ぐ効果のある薬を塗り、浄化した包帯でしっかりと巻いていった。

あとは造血の薬も飲ませたいが、それは他の人を診終えてからでもいいだろう。

これでこの人の応急処置は済んだと思う。

「大丈夫ですか？　他に痛いところはありますか？」

「うっ……。ああ、大丈夫だ。他を診てやってくれ」

「はい。では全員の処置が終わったら、細かい傷にも薬を塗りますので」

声を出せるなら、とりあえず問題なさそうだ。

使った薬を片付けて立ち上がると――

「おい、こっちだ！　アラウの傷が酷いんだ。血も凄く出ている。早く手当してやってくれないか！」

「はい！　今行きます」

少し離れたところで呼ばれ、そちらへと向かう。

真っ赤な血だまりの中に倒れているアラウという緑髪の男性は、身体のあちこちに傷があって、どこが深い傷だか見ただけではわからなかった。

「っ!?　とりあえず綺麗にして、傷口を診ないと！　浄化！」

慌てて隣にしゃがみ、すぐさま浄化を掛けて汚れと血を落とす。

「全身に切り傷が……。あっ、このお腹の傷が一番酷いか？」

全身を染めていた血を消すと、腹部にかなり大きく切り裂かれた痕（あと）があった。傷は内臓まで達していそうだ。肋骨（ろっこつ）も折れているか、ひびが入っているだろう。

「これは……。俺に治療できる、か？」

今まで一度も見たことがない、あまりにも深刻な傷に、一瞬手が止まる。

俺は日本の現代医療なんて習ったことがないし、理科の授業中に身体の構造を人体模型で見たくらいだぞ！

「頼むっ！　アラウは、皆が逃げられるよう魔物を引きつけてくれたんだ！」

深々と頭を下げる必死な様子を見て、大きく一つ深呼吸をした。

「……できるだけ、やってみます。医師が来たら、一番にここに呼んでください。俺は処置するといっても薬師見習いなので」

とりあえず、できるだけのことはやらないと。

血の気の失せた青白い顔色を見て、猶予（ゆうよ）はないと自分を奮（ふる）い立たせる。

まずは傷口に殺菌作用のある浄化魔法だ。

じっくりとイメージを固めて練り込んだ魔力を、アラウさんの傷口に手をかざして解き放つ。

柔らかい光が全身を包み、それが収まった時には傷口はさらに綺麗になっていた。

あとは止血と、傷口は縫えないから細胞を増やして傷が塞（ふさ）がるのをイメージして魔法をかける。

こうなったら属性は何でもいい。光でも水でも風でも、治療魔法をイメージだ！

さっきと同じようにじっくりと魔力を練り上げ、強く念じて魔法を発現させる。

今度は傷口を包むように光が放たれた。

そのまま さらに魔力を注ぎ、制御する。この世界には、ゲームのような一瞬で回復する治療魔法などないので、もどかしく感じるな。

どうか、少しは効いてくれ！　今の俺には、こんな魔法しか掛けられないが……。

魔法を止めた時には、全身から汗が滲んでいた。

次は肋骨と内臓だな。

「おい、代わろう。おお、処置はきちんとしておるな」

夢中で次の処置を検討していると、肩にポンと手を置かれた。

声の主を振り返ると、小さな、かなり年老いたお婆さんがいる。

「わたしはこの村の医者じゃよ。お前さんは、話に聞いた薬師見習いだね。アラウの処置は、あとはわたしがやるよ。手当てに使える薬が多めにあったら、少し貰えるかい？」

その人は俺の治療していた傷口を覗き込むと、ニコリと笑って俺の頭を撫でた。

「は、はいっ！　あ、あの。とりあえず傷口を綺麗にして、一応、止血と治療促進に浄化魔法をかけたのですけど」

その手の感触で我に返り、自分がやった治療を説明する。殺菌、と言ってもこの世界じゃ通じないよな。

「ああ、きちんと処置はできているよ。お前さんは、他の人を診てくれるかい？」

「は、はいっ‼　では、ここに薬は出しておきます！」

きちんと処置できている、と言われて、やっと肩から力が抜けた。

アラウさんも、先ほどよりは顔色がよくなっているように見える。

大急ぎでカバンから一通りの薬を取り出し、包帯にできる布も置いて立ち上がった。

「では、お願いします。誰か、酷い傷の人はいますか！」

「こっちだ！　血が止まらねぇんだ！」

「はい！　今行きます！」


結局薄暗くなるまで、ずっと広場で治療をしていた。

途中で心配したティンファが、小さくなったスノーとレラルを連れてやってきて、血に怯むことなく包帯を巻くのを手伝ってくれた。

「ふう。あとは大丈夫かな？」

「そうですね。多分、全員終わったと思いますよ」

疲れ果てて広場に座り込んだ俺に、そっとすり寄ってきたスノーを抱え込んで撫でまわす。

ティンファも隣で座ってレラルを抱えて撫でていた。

もふもふは、最高だな。本当に癒される……。

『終わり？　何か見てくる？』

するると足元から肩へ、するするとリアンが上ってきた。頬にすり寄る温もりに安堵する。

『リアン。ありがとう、大丈夫だよ。アディーはまだ魔物の上か？』

『いない。飛んでいった』

そう言われて見てみると、確かにアディーの姿はなかった。

念話で確認するか。

『アディー、もう大物は近くにいないか？』

ずっと夢中で治療に当たっていたが、危険が去ったかを確認していなかったのを思い出したのだ。

『ああ。村を襲っていた魔物は俺が全て倒した。ついでに近場にいた魔物もな。それとお前が治療している間に、その村のヤツが魔物や魔獣が嫌がる臭いがするものを、塀に沿って撒いていた。もう大丈夫だろう』

『そういえばスノーも臭いのことを言っていたな。スノーはここにいても大丈夫なのか？』

気配を探ってもらった時、あんまり好きじゃない臭いと言っていた気がする。

『顔の周りを風で包んで臭いを散らしているから平気なの！』

『おお、凄いな、スノー。じゃあ、やっぱり嫌いな臭いって魔物や魔獣除けみたいなものなのか。そんなものがあるなんて、初めて知ったよ』

もし本当にそういうものがあるのなら、他の集落ももっと暮らしが楽になりそうなのだが。

仮に分けてもらうことができたら、この先の旅も多少は安全になると思う。

ティンファの負担を、少しでも減らせれば助かるけど……。

「アリトさん。薬師見習いだと聞いていましたが、きちんと治療もできるんですね。凄いです！」

スノーたちのもふもふを堪能しながら魔物や魔獣除けのことを考えていると、ティンファにそう言われてハッとする。

「いや、前に殺菌する浄化魔法について説明しただろう？　その浄化は、病気を予防するために清潔に保つだけでなく、治療にも使えるんだ。傷口を殺菌することは、とても大事だからね。でも俺は、浄化を掛けて薬を塗ることしかできないよ。それで対応できなければお手上げだ。だから一人前に治療ができるとは言えないかな」

薬だって、オースト爺さんに教えてもらった通りに作っているだけだ。売ったことはあるが、自分で実際に使ったことはほとんどない。

「いや、お前さんの処置は適切だったよ。お蔭で今のところは誰も死なずに済んでいる。礼を言うよ」

声がした方を見ると、先ほどの医師の老婆が近づいてくるところだった。

「あ、さっきの医師の方ですね。いいえ、俺は少し手伝いをしただけですよ。でも、誰も失うことがなくて本当によかったです」

適切だった、と言われたらうれしいが、俺の力だと言われてもな。

「ふっふっふ。あの魔物を倒してくれたのも、お前さんの従魔だと聞いたけどね。さて。聞こえてしまったのだが、さっきの殺菌というのが気になってね。とりあえず、お前さんの話を聞きたいと村の長が呼んでいるから、ついて来てもらえるかい」

そういえば、勝手に村に入ってきたのだった。

ティンファやスノーたちと一緒に、医師の老婆の後ろをついて村の奥へと進む。

広場に駆け込んだ時は出歩いている人がおらず、しんとした雰囲気だったが、今は魔物の脅威が去った後始末で多くの人がバタバタと行き交っていた。

広場で俺たちが治療をしていたのを知っているのか、行き会う村人がお礼を言ってくれるので、なんとも落ち着かない気持ちで縮こまって歩く。

「何こそこそしているんだい。お前さんには治療してもらって助かったんだ。堂々としてればいいよ」

「いや……。俺は薬師見習いですし、そんなにたいしたことは……」

「自信を持って、しゃんとしな、しゃんと！　な、嬢ちゃんもそう思うだろ？」

その言葉に、ティンファは大きく頷いた。

「はい！　私はアリトさんが指示した薬を塗ったり包帯を巻いたりしかできませんでしたが、傷を見て、適切な薬を判断したのはアリトさんです」

……いや、実際は選択するほどの傷薬の種類がなかっただけなんだよな。

爺さんの家でいくつか教わって作ったのはあったが、旅に出た後に作ったのは初級の薬ばかりだ。

街に卸すのも、湿布や簡単な傷薬、そして熱さましや解毒薬だしな。

「そうだよ。見ていたが、薬の判断も傷口の処置も適切だった。だからそのまま続けてもらったんだ。まあ、薬はまだ基本のものしか作っていないのかもしれないが、これだけ多くの怪我人を治療することは、今までになかったんじゃないのかい？」

医師の老婆はそう言って褒めてくれた。なんだか気恥ずかしいな……。

すると、老婆は何かを思いついたらしい。

「そうだ。今後の治療に必要な薬もあるんだ。それを村の薬師と一緒に作っておくれ。あと、材料になる薬草も持っているなら提供してもらえると助かるよ。この周辺の薬草以外は、手に入りにくくてね」

「はい！　たくさん種類も量もありますので、薬草は提供できると思います。薬を作るのは、薬師の方を訪ねて聞いてみますね」

薬草の提供ならいくらでも大丈夫だ！　ミランの森でリアーナさんに貰ったものもあるし、材料の薬草だけならかなりの種類も量も持っているからな！

「なんだい。そこは元気に言ってくれるのかい。面白い子だね。お、着いたよ。ここが村の集会所だ」

大木を背にして、大きな建物があった。ここだけ木々の間隔が広くなっている。

「村長、連れてきたよ！　薬草を大量に持っているそうだから、今後の治療にも協力してもらうことにした。サーヴァと一緒に薬を作ってもらってくれ。じゃあ、わたしは治療に戻るよ。あとで怪我人たちをそっと運んできておくれ」

扉を開いてそう大声で言うと、医師の老婆はそのまま引き返していった。

「お客人。魔物を倒してくださったウィラールは、貴方の従魔だと伺いました。そしていち早く怪我人を治療してくれたとも。儂はこの村の村長をしているゾンダと申します。この度はありがとうございました」

集会所には、村長のゾンダさんと何人かの村人たちがいた。その全員にお礼を言われながら頭を下げられて、どうにも居心地が悪くてわたわたしてしまった。

小柄でも、かなりの高齢に見える村長のゾンダさんに頭を下げられると、本当にどうしたらいいかわからなくなる。

医師の老婆が出ていってしまったので、少し心細く思いながらも口を開いた。

「いいえ。勝手に村に入ってきてすみません。どうか顔を上げてください」

村の人たちが顔を上げてくれたのを確認し、一息ついてから名乗る。

「俺はアリトと言います。こちらはティンファです。それと従魔のスノーとレラル、広場で魔物を倒したウィラールはアディーと言います。あと、これを。ここの前の集落の長老から、手紙を預かってきました。俺たちは北の辺境地まで旅をしていて、集落の長老からこの村のことを教えてもらい、寄らせていただいたのです」

カバンから預かっていた手紙を取り出して村長に手渡す。そして困っていることがあったら、遠慮なく言ってくれという伝言も告げた。

「ありがたいことです。今回はあのティガラーに襲われて、もうダメかと……。本当に、何とお礼を言っていいか」

「気にしないでください。アディーが自分で判断して倒してくれましたので。それで、今回のように襲われることは、よくあるのですか？」

一番気になっているのは魔物除けの臭いの元だが、あまり率直に聞くのもな……。

「いいえ。いつもは魔物や魔獣が嫌う臭いを塀に撒き、木の葉で覆って空から村が見えないようにもしているのですが……。アリトさんの従魔のスノーさんみたいに、風で臭いを散らして襲ってくる魔物も過去にはいました。とはいえ、今回ほどの大物は初めてです。最近はあの臭いの元になるデーラジ草が手に入りづらくなり、撒く量も減ってしまって……」

おおっ！　やっぱり魔物除けなのか！

デーラジ草、か。魔物除けが普及しないのは、その植物が普通では手に入らないからかもしれない。

「どうして手に入りづらくなってしまったのですか？　ここから先はどんどん厳しい旅になるので、自分勝手なのですが、もし譲っていただけるなら俺もうれしいのですが」

「……そうですね。集落からの手紙にも、アリトさんにたくさんのものを提供してもらって助かった、とありました。薬草も提供していただくので、手元に余裕があったらお譲りするのですが……。

デーラジ草の生えている場所の近くに、強力な魔物が棲んでしまったのです」

デーラジ草の近くに魔物？　全ての魔物が臭いを嫌がるわけではなく、効かないものもいる、ということだろうか。それでも、安全性が増すなら持っておきたいが。

ともあれ、在庫はさっき撒いていたので終わりのようだ。

「もし生えている場所を教えていただけるのなら、俺たちも一緒に採りに行かせていただきたいのですが。俺の従魔にも手伝ってもらえますし」

俺にはアディーもスノーもいるから、戦力的には十分すぎるくらいだろう。まあ、虎の威を借る……ってヤツだけどな!!

「そ、それはっ!?　……そう、ですね。少し検討させてください」

「はい。よろしくお願いします。それで手持ちの薬草は薬師の方にお見せしますが、他に今、足りないものがあれば言ってください。食料もまだ十分ありますし、手持ちにあるものなら出しますので」

魔物除けが手に入るかもしれない、という可能性があるだけでも十分だ。今はそれよりも怪我人の治療のほうが先だしな。

とりあえず、急ぎのものだけを渡そうと、この村用に用意しておいたマジックバッグを取り出す。

そして用途を説明し、不足しているという食料を実際に俺のカバンから次々に出し入れして見せた。

俺の実演を信じられないような目で見ていた村の人たちは、次第に興奮して歓声を上げる。

「こ、これは凄いですな⁉　こんな便利なものをいただいてしまってよろしいのでしょうか？」

「ええ。ここまで立ち寄った集落でも渡してありますので。少しでも暮らしに役立ててもらえるとうれしいです。ここからでは買い出しにはあまり行かれないでしょうが、三つお渡しします。他にもまだ道具は色々ありますが、とりあえずは薬師の方を紹介してください」

「は、はい。ありがとうございます。この度のお礼は考えておきますよ。では、案内させますので、こちらへお願いします」

ゾンダさんの息子であるゼイスさんに案内され、集会所から出てどんどん村の奥へと向かった。

しばらく薬師の方のところに詰めるかもしれないので、俺のいる場所を知っておいてもらうために、ティンファも一緒に来ている。

リアンとイリンには、村の周囲の偵察を頼んであるので別行動だ。

移動中、すれ違う人たちに頭を下げられるので、微妙に早歩きになる。

そうして見えてきたのは、村の外れの塀近くにある木の葉に隠れた庵だった。

漂ってくる薬草の匂いに、オースト爺さんの作業小屋を思い出す。

「俺は薬草を見せて、調合の手伝いをしようと思うのだけれど、ティンファはどうする？　炊き出しの手伝いとかをしているか？」

これから全員分の炊き出しを作ると、集会所を出る前にゾンダさんが言っていたのだ。

「できたら私もアリトさんと一緒に手伝いたいです。調合はできませんが、洗浄や仕分けなどの作業で手伝えませんか？」

「そうだね。じゃあ聞いてみようか」

『スノーも手伝うの！』

『わたしも手伝うよ！』

スノーとレラルも張り切っているようだ。

『ありがとう、二人とも』

俺に着くと、ゼイスさんが扉を叩いて声を掛けた。

「サーヴァさん！　旅の薬師見習いの方がいらっしゃいました！　広場で治療をしてくれた方です。薬を作るのを手伝ってくださるそうですよ」

ゼイスさんの後ろで並んで待っていても、しばらく返事がなかった。

薬草を煮る匂いがするのだから、いるのは間違いないと思うのだが……。

「おーい、サーヴァさん!!　薬草も提供してくれるそうだぞっ！　開けるぞ？」

待ちきれなくなったゼイスさんが、声を上げて扉に手を掛けると——

「勝手に開けるなっ!?　今は手が離せないから、ちょっと待ってろっ!!」

中から大きな怒声が返ってきた。

「……はあ。すまない。サーヴァさんが扉を開けるまで、ここで待っていてくれないか？」

「気にしないでください。繊細な作業の途中なのでしょう。扉を開けたら、粉が吹き飛んでしまうのかもしれませんしね」

薬を作る過程では、かなり精密な作業を要求されることもある。だから作業が終わるのを待つのは、別に気にならない。

「ではすまないが、よろしく頼むよ。きちんと紹介をしたかったのだが……。悪いが俺は集会所で怪我人を寝かせる準備に戻るから」

「はい、大丈夫です。案内していただいて、ありがとうございました」

初対面の人といきなり会うのは不安だったが、作業の邪魔をするわけにはいかないので、ゼイスさんが戻っていくのを見送った。

「……私ももしかしたら邪魔になってしまうかもしれませんね。そうしたら、医師のおばあさんの治療のお手伝いをしてきます」

「そうだね。とりあえず待ってみよう」

扉の前でのんびりと二人でスノーとレラルを撫でながら待っていると、ふいに扉が開いた。

「おう、待たせたな。お前が治療をしてくれたっていう薬師見習いか？　薬草も持っていると聞いたが……」

出てきたのは、ひょろっとした細身の小柄な中年男性だった。

「は、はい。アリトと言います。こちらはティンファ、俺の従魔のスノーとレラルです。薬草は旅の間に集めたものが大量にあります」

「ふうん。そんな風には見えねぇがな。まあいい。俺はサーヴァだ。入ってその薬草を見せてくれ」

扉を大きく開けて手招きだけすると、さっさと奥へ行ってしまった。

思わずティンファと顔を見合わせ、慌てて中に入って背中に声を掛ける。

「あ、あの！　私はほんの初歩的な調薬しかできないですが、手伝わせてもらってもいいですか？　邪魔になるようでしたら、怪我人の治療のほうへ行きます」

「俺の従魔たちもいつも魔法で手伝ってもらっているのですが、中に入っていいでしょうか？」

サーヴァさんはどこか神経質そうな雰囲気なので、スノーたちを家に入れていいかどうか迷ったのだ。

「ああ、かまわん。かなり忙しくなるだろ。手伝ってもらえば早く薬を提供できるしな。ホラ、さっさと薬草を見せてくれ」

「「はい！」」

振り返ってこちらをチラッと見て、さっさと行ってしまった。その背中を追いかけ、皆で中へと入る。

建物の中は奥に細長く、見た目よりも広かった。手前が生活スペースで、奥が作業場になっているようだ。

「ここの机に出してくれ」

作業場の至るところに薬草や薬瓶が並び、壁の棚には薬草の詰まった瓶が置かれていた。そして奥に湯気を立てる鍋も見える。

この雰囲気、久しぶりだな。爺さん、今頃どうしているかな。

ついオースト爺さんの研究室を思い出して、懐かしさを感じてしまった。

指定された大きな机の上に、カバンから次々と薬草を出していく。何を必要とするかわからないので、全部の種類を出してみることにした。

ミランの森の薬草、自分で採った『死の森』の薬草、オースト爺さんに持たされた薬草まで全てだ。

肩掛けカバンからどんどん出てくる薬草に、最初は驚いていたサーヴァさんだったが、そのうちに目の色が変わっていき、『死の森』の薬草を取り出した時には唖然(あぜん)として叫び声を上げた。

「お、おい、これはっ!? これは辺境の、しかも北じゃない場所の薬草じゃねぇかっ!!」

机の上に置いた薬草に顔を近づけてじっくりと眺め、恐る恐る伸ばした手でそっと取った。

さすがにオースト爺さんから『いざという時のために』と渡された薬草まで出したのはまずかったか？ 『死の森』のかなり奥に生えている薬草だものな。

でも、あの広場の惨状を思い出すと、持てる力の限り治療をしたいと思う。

飲めばすぐに治る薬も、掛ければすぐ回復する治療魔法もこの世界にはないのだ。

応急処置はしたが、重傷を負った人は今夜が山場になるのは間違いない。

「これは『死の森』の奥で採れた薬草です。俺を育ててくれた薬師の爺さんが、旅に出る時に持たせてくれました。俺は未熟だからこれらの薬草を調合することはできないし、作れる薬も知りません。だから、これで怪我人を治療できる薬を作れるのなら、どうぞ好きに使ってください」

せっかくリアーナさんが薬草をくれたのに、俺は一つとして使い道がわからなかった。

その薬草はオースト爺さんに半分を送ったが、残りは全部カバンに入れて眠らせているだけだったのだ。

「お、お前、これがどんなに貴重なものか……いや。わかっているのか。……よし！　その心意気に応えなきゃ、この村随一の薬師だと大きな顔なぞできないな！　では遠慮なく薬草を使わせてもらうぞ！」

薬草を一つ一つ手に取って見ていたサーヴァさんは、顔を上げて俺の目を見つめ、力強く一つ頷いた。

「はい！」

その後は薬草を、今回使うものと使わないものに指示されるまま分けた。

「本当にこれは宝の山だな。量も申し分ないから助かるぜ。じゃあ、この四つはざっくり刻んで、こっちはすり潰してくれ」

「わかりました！　ティンファ、スノー、レラル、やるぞ！」

薬草を次々と、サーヴァさんに指示されるままに処理していく。

「ティンファ。乾燥が終わったから、次はこれを粉砕してくれ」

「はい」

採った薬草は、カバンに入れる時に浄化を掛けて魔力で包んである。それでも鮮度は落ちるので、ある程度経つと使う部位を切り、乾燥などの下処理を済ませるのだ。

ただ、貴重な薬草の中には生で使うものもあり、そういう場合は何重にも濃い魔力で包んでカバンに入れてある。

ミランの森でしか採れない薬草も、リアーナさんに貰った際に保管方法を聞いてキチンと処理しておいた。その薬草をいくつか、今回使うそうだ。

さすがにオースト爺さんに持たされた『死の森』の薬草を使った薬の作り方は、サーヴァさんも知らなかった。ただ薬草辞典に載っていたので、薬草自体は知っていたそうだ。

薬草辞典に『死の森』の薬草が載っているのは、間違いなくオースト爺さんが情報を提供したものだろうな。『死の森』の奥まで行って薬草を集める、なんてことをするのは爺さん以外には想像できないし。

それ以外の、これまでの旅の間に集めた薬草もサーヴァさんは大層喜んでくれた。その土地や地形でしか採れない薬草が手に入ることもそうだが、この村の薬草の在庫が少ないそうだ。

村の周囲には中級から上級の魔物や魔獣ばかり出るそうで、なかなか遠出して薬草を集められず、不足しがちらしい。

サーヴァさんの作業する隣で、薬草の下処理や、痛み止めと化膿止めなどを作っていった。

作業中、サーヴァさんは薬草の効能や使い方、作れる薬など、様々な情報を教えてくれた。

調薬では、下処理を施(ほどこ)した薬草を、魔力を用いて調合するのが基本だ。

その下処理の方法は様々だが、代表的なのは薬草の効能のある部位を乾燥させたものを粉状にする、という処理だろう。薬草によっては生のまま刻んだり、すり潰したり、乾燥させたものを荒く砕いたりもする。

また、処理した薬草そのものを使う時も、さらにすり潰した汁を入れる場合もある。薬草の扱い方だけで、何通りもの方法があるのだ。

それを薬草ごとに、きちんとした手順で行うことで薬となる。

調合に魔力を使うのは、それで薬の効果を引き出したり、効能を高めたりするためだ。

魔力を繊細に操作して作業できるようになることが、調合上達への第一歩である。

オースト爺さんに調合を教わっているうちに、魔力操作がかなりこなれていくのを実感したものだ。

サーヴァさんは、オースト爺さんほどではなくても、流れるように作業をこなしている。その魔力の流れを感知しながら、知らなかった薬の調合をしっかりと見て学んだ。

今ならオースト爺さんが、いかに高度な業(わざ)を駆使していたのかがわかる。あの家に戻ったら、もっと調合を学びたい。

ティンファは薬草の処理を、スノーやレラルは魔法で水を出したり、浄化を掛けたり、薬草を運んだりして手伝ってくれている。

食事もあるもので済ませ、交代で仮眠をとり、ひたすら作り続ける。

当座の薬を作り終えたのは、日が昇る頃だった。

「よし！　これで大丈夫だろう。薬を医師の婆さんに届けてくれ。あと、悪いが俺の弟子たちへ薬草を持っていってやってもいいか？　恐らく薬を作ってはいても、薬草が足りてないだろうよ」

この村で一番の薬師はサーヴァさんだが、その弟子が何人か薬師をしているそうだ。

俺たちが作っている間は、その弟子の人が止血剤や解熱剤などの薬を提供しているだろうとのこと。

今作った薬も、怪我人全員が完治するまでにはまだまだ量が必要だが、三日分は作り上げたので、あとはサーヴァさんが一人でも大丈夫だという。

「はい。では薬を届けて、治療の様子を聞いて別の薬が必要だったらすぐ戻ってきます。薬草は多めに置いていきますね」

「すまないな。頼む」

でき上がった薬を全てカバンへ入れ、代わりに薬草を出して机に置く。

「じゃあティンファ。多分集会所で治療をしているだろうから、行ってみよう。俺たちが手伝えることがあるかもしれないし」

「はい。では行きましょうか」

挨拶をしてサーヴァさんの家を出ると、来た道を戻り集会所へ向かう。

夕方前に村に着いて以来、交代で二、三時間の仮眠をとったが、治療や調合を続けたのでさすがに疲れが溜まっている。

欠伸（あくび）がこぼれそうな重い身体を動かし、思いっきり腕を広げて伸びをした。

「ふう。ティンファ、疲れてない？　集会所でやることが終わったら、泊まらせてもらえる場所を聞いて一休みしよう」

「いえ、私はまだ大丈夫です。様子を見て、手伝いが必要ないようでしたら休みます」

スノーの上では、いつの間にかレラルがうとうと眠っており、ティンファもこっそり欠伸をしていた。

今日はスノーに乗せてもらって移動したが、全力で走るスノーから落ちないようにしているだけで、ティンファは精神的にも疲れているはずだ。

……一日中、ずっと慣れないことばかりだったのだ。やっぱり、集会所へ行ったらすぐに眠れる場所を借りよう。一度眠らないと、これ以上の作業は無理だ。ティンファはいつも頑張りすぎるからな。

迷うことなく集会所まで戻り、まだ薄暗い中に光が煌々（こうこう）と漏れている部屋へと入る。

入り口からすぐの広間には簡易ベッドが並び、怪我人たちが横たわっていた。そして医師の老婆と、他に数人の看病をしている人の姿が見える。

「おや。薬はできたかい？　なら出して、上に客室があるから寝ておいで。そんな疲れた顔を見ていたら、こっちまでまいっちまうからね」

どうしようかと様子を窺っていたら、医師の老婆から声が掛かった。

「サーヴァさんが俺の持っていた薬草で、上級の薬を作ってくれました。この机に出しますね」

片隅に寄せられていた机の上に、昨日の夜から作った薬を並べていく。

時間がなくても、きっちりと薬の名前と効能を書いた紙がつけてある。これを書くのにもティンファが活躍してくれた。

「ほう。これだけあれば、しばらくは大丈夫だろ。じゃあ上に行きな。誰も使ってないからね。気にせず使えばいいよ」

医師の老婆は並べたそばから薬を手に取って確認し、満足気に頷いた。

「ありがとうございます。ティンファ、お言葉に甘えて上で寝よう。寝不足で手元が狂ったら、逆に迷惑になるよ」

「はい。では、すみませんが休ませていただきます」

二人で老婆に礼をして、階段を上り二階へ行く。

二階には、部屋の扉が二つあった。

「さあ寝よう。レラルはティンファとな。じゃあお休み」

「ありがとうございます。お休みなさい」

リアンとイリンは、まだ村の周囲の偵察をしてくれている。

うにゃうにゃと寝ぼけるレラルをティンファに渡し、スノーともう一つの扉を開けて中へと入った。

身体に浄化を掛けてから布団を出し、そのままスノーと倒れるように眠った。

◆　◆　◆

目が覚めたのは、空腹からだった。

そうか。昨日の夜は、パンと干し肉くらいしか食べてなかったもんな。さすがにお腹が減った。

今、何時頃だろう。

起き上がって窓の外を見ると、昼前だろうと思われた。

早朝に寝たので、それなりには眠ったことになる。

「……ご飯、作るか。食べてから、治療の手伝いかまた調合でもしよう」

俺が昨日治療した人や深い傷の人たちのことが気になったが、今はまずお腹を満たすことを優先しよう。

腹が減っては戦はできないよな！

「スノー、今ご飯を出すからな。アディーにも出しておくか」

カバンから肉を出して温め、アディーにも念話で連絡する。

この部屋で調理したら、匂いが下まで届くよな。いっそのこと外の炊き出しをしている場所で作るか。多めに作ればいいよな。

そう決めると静かに部屋を出て、音を立てないようにそっと階段を下りた。ティンファが寝ているのなら、起こさないようにしないとな。

一階に下りると、昨日の夜と同じく、ベッドに横たわる怪我人たちの姿があった。

「おや、起きたのかい。まだ昼前だよ」

「はい。お腹が空いて起きました」

お腹を撫でながら医師の老婆に言うと、ふっと笑われた。

「ふふふ。お腹かい。外で炊き出しを作るのにはまだ時間が早いだろうし、どうするんだい？」

「自分で作りますよ。皆さんは食べますか？」

「適当に作っておいてくれたら助かるね。皆、交代で休んではいるんだが、どうしても食はおろそかになるから」

見回すと、治療の手伝いをしている人たちが、昨日の夜よりも疲れているように見える。

まあ、当然だよな。食べやすいものを纏めて作っておくか。

「わかりました。では外で料理してきますね」

集会所から出て机と椅子を見つけると、机の上にコンロや食材を出した。

片手間で食べられるものなら、サンドイッチかおにぎりがいいか。でもパンはもう在庫がそこまでないから、お米かな。

何度か炊くことを覚悟して、ラースラを取り出して大鍋で纏めて洗う。それから魔法で水分を適度に浸透させた。

それを大きめの土鍋二つで炊いていく。

次に炊き出し用に作ってあった竈に火を熾すと、大鍋に水を入れて火にかけた。そこに野菜や肉を切って次々と入れていく。

「おや。お客人、料理まで作ってくれているのかね。たくさんの食料を分けてくださったと聞いたよ。ありがとうね」

スープと肉の仕込みを終えて、炊き上がったご飯を握っていると、女性たちが炊き出しを作りに来た。

「いいえ。食材も足りなければ言ってください。まだありますので。この大鍋でスープを作りましたから、よかったら食べてください」

「ありがとうね。それは何を作っているんだい？」

「これはラースラといって、湿地帯に生える穀物です。それを水で炊いたものを、食べやすく握っておにぎりにしています」

おにぎりの具は、肉をミンチにして作ったそぼろ煮だ。

「その白いのがラースラっていうのかい？　ふうん。穀物なら、腹にたまるね」

この辺りは森なので、ラースラを見たことがないのだろう。珍しそうに覗き込んでくる女性たちに、炊いた米を見せた。

「はい。パンを焼くよりも、ラースラを炊くほうが速いので」

味見にどうぞ、と差し出すと、皆美味しいと言ってくれた。

それからは皆で話しながら食事の用意を続けた。

おにぎりを作り、もう一度ご飯を炊き、スープを仕上げて肉を焼いたところで、ティンファとレラルが起きてきたので食べることにする。

「すみません、何も手伝いをせず……」

「いいよ。ずっと神経を使って慣れない作業をしていたのだから、疲れるのは当然だ。さあ、しっかり食べたら治療を手伝おう」

「はい」

おにぎりは、ほとんどの人から高評価をもらい、ラースラと土鍋を渡すことになった。まだたくさんカバンに入っているから問題ない。

食事を終えて集会所に戻ると、医師の老婆を捜してご飯ができたことを告げる。交代で食事にしてもらって、その間は看病を手伝うことになった。

その時に、サーヴァさんと作った薬で大分状態が落ち着いたと聞いて、ホッとした。

ティンファと手分けして、怪我人の様子を見ながら殺菌の浄化の魔法をかけていく。

「お前さんたちの浄化は、どこか違うね。傷口の治りがいいようだが、何か使う時のコツはあるのかい？」

昨日俺が応急手当をした人の傷口の状態が、膿むことなく回復に向かっているのを確認していると、医師の老婆が声を掛けてきた。

傷口の状態を見てから、魔法をかけている手元を覗き込んでくる。

「ええと。傷口から中に、目には見えない埃のような生き物——これを俺はばい菌と言っていますが、それが入るから傷口は綺麗に塞がらずにぐじゅっとしてくるんです。そのばい菌を殺すイメージで浄化を掛けています」

傷口が膿んでいないことは、老婆も気づいていたのだろう。助かる命が多くなるなら隠す必要もないので説明する。

「もしかして、それが広場で話していた殺菌、ということかい？　目に見えない埃、か。ふむ。そのばい菌を殺せば、綺麗に傷口が塞がるんだね？　わたしにもできるかい？」

長年医師として患者に接しているからか、言葉のニュアンスだけでどういうことか理解できたようだ。

菌と怪我や病気の関係性を簡単に説明し、『殺菌』のイメージを教える。

「なるほど。その殺菌のイメージを持って浄化を使えば、傷口が膿んでくるのを防げる、というわけか。そうすると腐って切り落とすこともなくなる、と」

「はい。食べ物を作る時も、手や身体を綺麗にすることが大事です。殺菌を心がければ、病気にもなりにくくなると思います」

病気には、浄化の魔法が効きにくいのだ。一応、病気の元になる病原菌の殺菌と回復力の向上をイメージして浄化魔法を使うことはできるが、それで癌などの病気が治るか、と言われたら無理だろう。

だから、普段から病気にならないよう、清潔を心がけるのは大切なことなのだ。

「わたしも意識して使ってみるよ。周りにも周知していこう。では、その殺菌の浄化を全員に掛けてもらおうかの。その後は経過を見ながら指示するからね」

「「はい」」

それから三日間。治療をしながら、不足した薬を作って看病を続けた。

ただ、残念ながらアディーが駆けつける前に大怪我をした方や、内臓に大きなダメージを負った人が峠を越えられずに亡くなった。

人の死が身近な世界だと思ってはいたが、魔物や魔獣以外の死を目の当たりにしたのは初めてだ。

俺の実の祖父母も、呼ばれた時にはもう、病院で冷たくなっていた。

あの時は、ただ見送る時が来ただけだと自分に言い聞かせて、死というものに対して向き合うことはしなかった。

死を悲しみながらも、すぐに前を向く村の人たちの姿勢に、死と向き合うとはどういうことかを教えられたような気がした。

第七話　魔物除け

「魔物の退治や治療に薬の調合、それに食料や薬草に便利な道具までいただいてしまって。なんとお礼を言ったらいいのか……」

「気にしないでください。困った時はお互い様ですから。俺たちもこの森の中をずっと旅しているので、こうして安心して眠れる場所を提供していただいてとても助かっています」

この村に着いて七日目。怪我人の治療が一段落し、集会所も解散となった。あとは各自の家での療養となる。

そこで村長から、改めてお礼を言われることになった。

「この先の、辺境の地まで旅をしておられるのでしたな。……魔物除けになるデーラジ草のことですが。実は去年までは、この村の周囲に植えておりました。デーラジ草は元々、この村よりもさらに森の奥に生える植物です。長年研究を重ね、やっとこの村でも栽培できるようになりました。それが去年、なぜか全て枯れてしまいまして。その後に植えたものもまた、すぐに……」

最初の挨拶の時、デーラジ草のことを聞いたのを、覚えてくれていたのだろう。

村長は魔物除けになるデーラジ草のことを、教えてくれた。

まったく期待していなかったわけではないけれど、それでも長年の研究の末と聞けば、教えてもらうのも申し訳ない気持ちになる。

「それは……。俺たちが聞いてもいいことなのですか？」

「はい。デーラジ草は、我らの先祖が偶然群生地を発見したのですが、その場所以外では今のところ生えているのを見たことがありません。恐らくデーラジ草は、あの場所に独自に発生した植物なのだと思います。だから持ち出して移植しようとしても、成功するかはかなり難しいと思いますが……」

「それはかまいません。生態が気になりますし、できたら苗を欲しいですが、第一の目的は、この旅が少しでも安全になるように魔物除けとして手に入れることです。ですから、もしその群生地に近々採りに行くことがあれば、一緒に連れて行ってほしいのです。採取を手伝う代わりに、何株かだけいただけたらうれしいのですが」

以前お願いしたことを、もう一度伝えてみた。

オースト爺さんはもう知っているかもしれないが、デーラジ草を持ち帰れば研究しがいがあると喜ぶような気がする。

まあ、この土地の魔力で変質した植物なら、調べても『死の森』では育たない、という結果になるかもしれないが。

「そうですね。ご一緒するのであれば、どうぞお持ちください。ただ、前にもお伝えした通り、デーラジ草が生える群生地の近くに強い魔物が棲みついてしまって、なかなか採りに行けないのです」

「はい。俺では無理ですけど、アディーとスノーなら倒すことができると思います。だからぜひ一緒に行かせてください」

移植したデーラジ草が枯れてしまった原因はわからないが、とりあえず魔物ならアディーとスノーの力を借りれば対処できる。

それに、今回村の周囲に撒いたので終わりだと言っていたから、すぐに採りに行きたいのではないかと思ったのだが。

「襲ってきたあの魔物も、最近ここら辺に棲みついたものなのです。村のためにここまでしていただいたのに、さらにと言うのも申し訳ないのですが、やはりお力をお借りしてもよろしいでしょうか？」

「はい！　旅の安全がかかっていますので」

明日はゆっくりと休み、明後日に村の人とデーラジ草を採りに行くことが決まった。

先日村の周囲に撒いたのは、数少ないデーラジ草を臭いが持続するように調合したもので、それでも何日も持たないとのことだ。

集会所の二階で夕食を食べた後に、明後日の予定を話し合う。

『スノー、よろしく頼むな。すまないが、協力してくれ。アディーもよろしくな！』

『うん！　スノー、頑張るね！　アリトに頼りにされるの、うれしいの！』

『ふん。空の敵は俺が相手してやる。生意気な魔物が多そうだからな』

今回は俺が戦闘に参加すると足手まといどころか同行者が危険になる可能性のほうが高いので、スノーとアディーに全面的に頼むことにした。

単体ならともかく、集団で襲われたら何もできずにただ死ぬだけだ。

あの広場にいた魔物を見る限り、俺が戦力になるとは思えない。あれは、上級の魔物だった。

そこはアディーもわかっているので、俺に参加しろとは言わなかったのだろう。

まあ、これだけアディーに面倒を見てもらっているのに、力不足というのは情けないけどな。

「ティンファはこの村で待っていてくれ。レラルとリアン、イリンも置いていくよ」

リアンとイリンには、今も常に村の周囲を偵察してもらっている。デーラジ草の臭いは、リアンとイリンも耐えられないことはないそうだ。

強い敵によく効くらしいから、小さなリアンやイリンにはそこまでの効果はないのかもしれない。

「はい。気をつけて行ってきてくださいね……。私、自分で一緒に行きたいと言ったのに、この旅では何もできなくて。本当にアリトさんには面倒をかけてばかりで……」

ティンファは、なぜかとても落ち込んでいた。

「そんなことはないよ。ティンファが一緒にいてくれて、どれだけ心強いか。ティンファがいなかったら、今頃アディーやスノーに面倒をかけすぎて呆れられていたよ」

「アリトさん……。そう、ですね。努力して頑張らないと、ですよね！　アリトさん、気をつけて行ってきてください。私は治療の手伝いをして帰りを待っています！」

ティンファはいつも自分がやるべきことから目を背けず、真っすぐ前を向いている。

その姿を見ているから俺も逃げずにいられるし、ティンファがいてくれるからこそ、もっと頑張ろうと思えるのだ。

「ああ。まあ、頑張るのはスノーとアディーだけどな」

そう言って、俺は苦笑した。

この旅が終わった後、ティンファと二人で生きていく生活を思い描きながらスノーをブラッシングし、その夜は眠りについたのだった。

◆　◆　◆

次の日はゆっくりと過ごし、薬などの物資を用意して終わった。

そしてその翌日の朝、襲撃で怪我をすることなく無事だった人や、軽い怪我で治った村の若い男性五人と一緒に、デーラジ草の群生地がある森の奥を目指して出発した。

この五人は、普段は森で狩猟を担当しているそうだ。いつもはもっと大勢で、薬師も一人同行するとのことだが、今回は村に怪我人が多く人員に余裕がない。だから、五人と俺たちだけで行くことになった。

森を奥へ奥へと、目印を辿りながら歩く。

途中途中で、スノーやアディーから教えてもらった魔物の位置を報告しているので、どこから襲われるかわからないという緊張感からは解放され、幾分か楽に進めているようだ。

俺も警戒しながら歩いているが、今回は警戒と報告を全面的にアディーとスノーに頼っている。

本当に強い敵は気配を潜めるのも上手いので、俺では気づけない場合があるのだ。

そう考えると、北の辺境地はこの森よりも危険なのだから、アディーが言うように俺ももっと修業しないとな。

アディーには空の、スノーには森の中の魔物や魔獣の警戒をお願いし、基本的に危険を避けて迂回しながら進む。

『スノー、どうだ？　この先に強い魔物か魔獣の気配はあるか？』

『んー。大きい気配はあるの。でもまだ遠いから、もっと近づいたり、向こうがこっちに気づいて寄ってきたりしたらすぐ教えるの』

群生地近くに魔物が棲んでいるという村長さんの話は、やっぱり本当だった、ということか。

同行者の五人は、ほぼ気配を感じさせることなく森を進んでいく。俺はそれについていくだけでも大変だ。

『アリト。強いわけじゃないけど、左前方から魔物の気配がするの』

「左前方から来ます」

スノーの警告を小さな声で五人に伝えると、すぐにそれぞれが近くの大木に身を寄せて弓を構える。

俺も息を殺しながら待機し、自分の警戒網に魔物が引っかかるのを静かに待った。

ドキドキする鼓動が、外まで聞こえていないか心配になる。

それは一瞬だった。

矢の走る音が五つ鳴り、それに一呼吸遅れて俺は弓を射る。

すぐさま第二射目の矢をつがえるが、すぐにスノーの『倒したの！』という報告の念話が入った。

「ふう……」

森深くに住む村の狩人は、これまでの集落の人たちよりも、卓越した技術を持っていた。

ほぼ無言のままに魔物を解体し、気配と血の匂いは最低限に抑えて引き上げる。

今回は俺のカバンに獲物を入れ、浄化魔法で血の匂いを消せばすぐ移動だ。

そんな襲撃と撃退を繰り返し、途中の休憩ポイントを過ぎてさらに奥へ奥へと進んでいくと。

「もうすぐだ」

そっと耳元で囁(ささや)かれた声で、いつの間にか空気にあの独特の臭いが混ざり始めていることに気づいた。

そのまま進んでいくと木々の間隔が少しずつ開いていき、その隙間を埋め尽くすシダに似た葉の茂みが見えてきた。臭いはその植物から漂ってくる。

これがデーラジ草、か。ここにだけ生えていると聞いたけど、他の場所と何が違うのか。

それとも、さらに奥には他にも生えている場所があるのだろうか？

葉を摘みだした五人の姿を視界に入れながら、俺は地面に手をつけて土魔法で根を掘り起こしてはカバンへと入れていく。

村長に研究用にも欲しい、と頼まれているからだ。村で育てていたデーラジ草が全滅して以来、何度植えてもほどなく枯れてしまったそうだが、研究は続けると言っていた。

とりあえずの目標の本数を確保できた頃、アディーから警告の念話が届いた。

『おい。すぐそこから離れろ。空から群れで魔物が向かってくるぞ』

「ええっ!?　皆さん、空から魔物が群れで来ます！　急いで戻りましょう!!　スノー、一番後ろからついてきてくれ！」

アディーからの念話のあまりの内容に、思わず声を上げた。

すると、すぐさま五人が集まってくる。そして、来た道を急いで駆け戻った。

『アディー！　木の密集した場所まで戻れば大丈夫そうか？』

『ああ。スノーは残しておけ。俺が空から落とすから、スノーに仕留めさせろ！』

『わかった。スノー！　ごめん、俺たちが隠れたら、引き返して魔物を仕留めてくれ』

『わかったの！』

俺たちは近くの木の密集した場所で止まる。そしてデーラジ草の群生地の方に戻るスノーを見送った。

「アディーとスノーで倒すそうです。ここで警戒しながら待機してください」

茂みの中にしゃがんで隠れ、周囲を警戒しながら五人に小声で伝えると、頷く気配が返ってきた。

しばらくじっと無言で待つ。

すると遠くから枝を折る音が何度も聞こえてきて、アディーから終わったという念話が入った。

デーラジ草の群生地まで戻ると、そこには全長三メートルはありそうな鳥型の魔物の死骸が多数あった。

ほとんどの死骸が群生地から外れている場所にあるので、アディーもスノーも気を遣ってくれたのだろう。

その死体の群れに、五人が一瞬息を呑んだ気配がした。村を襲撃した魔物と同じくらいの強さなのかもしれない。

とりあえず、スノーとアディーに風魔法で手早く魔物を手頃な大きさに切ってもらい、カバンへと入れた。その間、五人には周囲を警戒してもらう。

一体だけは村に見せるために、そのままの姿で大型のマジックバッグに収納した。

スノーとアディーが気遣ってくれたとはいえ、デーラジ草の群生地は鳥型の魔物に荒らされてしまったようだ。全体から見ると端の方だが、デーラジ草が倒れている。

俺たちはできる限り起こし、しっかりと根に土をかぶせた。これで持ち直してくれたらいいのだが……。

その後は、採る予定分を急いで採取し、すぐに引き返した。

帰りも魔物に襲われたが、スノーが言った大きい気配は現れなかった。

『アディー。あの群生地近くに棲みついたっていう魔物は、さっき倒した鳥のヤツだよな。もういないか？』

『近場にはいないが、全滅したかはわからん』

あの群生地の近くに棲みついた原因がわからなければ、安全になったとは言えないだろうな。

ともあれ、俺たちは暗くなる前に、全員無事に村へと帰りついたのだった。

「……そうですか。デーラジ草の群生地で、空から集団で魔物が襲ってきて……。ありがとうございました。こうして全員が無事に戻ってこられたのは、アリトさんのお蔭でしょう」

帰ってきてから村長さんの家を訪ねて報告すると、頭を下げられた。

今回はスノーとアディーに頼りきりだったので、そんなことをされてしまうとなんだか少し気まずい。

一通りの報告を終え、村長さんの家を出る。

デーラジ草はなぜ、この集落で育たなくなったのか。

それに、魔物はデーラジ草の臭いを嫌うはずなのに、どうして群生地に棲みついたのか？

今日現地へ行っても、何もわからなかった。

『なあ、アディー。今日行ったデーラジ草の群生地、アディーは臭いでつらかったか？』

『臭いは感じるが、別に臭いだけだ。村は昔からの知恵であの草に頼っているのだろうが、まあ、この村は木の間にあるし、臭いもするから魔物は面倒で襲わないだけだろう』

スノーも最初は嫌な臭いと言っていたが、鼻の周りに常に風を纏わせている今はまったく平気だ。

レラルもリアンとイリンも、臭いはするけどそこまで気にならない、と言っている。

『やっぱり魔物除けにはならないってことか？』

『いや。こうやって集団で暮らす場所を守るには意味があるだろう。大勢の人がいると知っていても、攻撃しづらい土地で臭いもあれば、面倒だから襲わん。人などそこまで魔力を持っていないからな。上級魔物を襲ったほうが、よっぽど効率がいい』

そういえば魔物や魔獣は強ければ強いほど、濃い魔力を求めるのだったか。

確かに考えてみれば、アディーやスノーなら、人の魔力なんていくら食べてもお腹いっぱいにはならないだろう。

上級魔物が人を襲うのは、魔力を摂取するためというより、単に縄張りに入り込んだ人を排除しに来ているだけなのかもしれない。

『強い魔物や魔獣は、あえて人を襲ったりはしないってことか？　近くに魔物や魔獣がいれば、人よりもそっちを襲うってことだよな』

『まあ一概には言えんが、知恵のある魔獣は人をほとんど襲わん。襲ってもたいして腹の足しにならないだろう？　だが、魔物は近くの魔力を持つ者を襲うからな。そう考えると積極的に人を襲うのは、弱い魔物、それからゴブリンやオークなど人を襲う理由のある種族だけかもしれんな』

獣が汚染された魔素を取り込むと「魔物」になる。他にも汚染された魔力の集まる場所から自然と発生したりもするそうだが、一般に「魔獣」より知能が低いとされている。ちなみに、「魔獣」は魔力濃度の高いところから生まれるらしい。他にも発生するケースはあるそうだが。

『まあ、餌がなければ、どんな魔物や魔獣でも近くにいる人を襲うだろうがな』

そう続けたアディーの言葉に、やっぱりと思う。

ゴブリンやオークは他種族の女性を襲って繁殖するが、他の魔物や魔獣が求めるのは、基本的に魔力なのだ。

巨大な体躯（たいく）を持つ魔物でも、魔力濃度の高い肉ならば、兎一匹分だって足りる。

だから魔物や魔獣は、魔力濃度の高い森などに棲息しているというわけだ。

逆に考えれば、魔力濃度の低い地には、弱い魔物や特殊な種族以外はいないことになる。

そこまで考えたところで、ミランの森でリアーナさんから、オースト爺さんの研究について書かれた手紙を渡されたのを思い出した。

もしかするとオースト爺さんの研究で魔力濃度の操作が可能になれば、人が住む地と、森などの魔物や魔獣が棲む地を分けることができるのだろうか？

とりあえず治療の手伝いをしているティンファのところへ顔を出してから、集会所の二階の部屋に戻って手紙を読んでみよう。


村長さんの家から戻った後、オースト爺さんの研究について書かれた手紙をじっくりと読み、その上で質問を纏めて書き出した。

詳しいことは爺さん本人に聞かなければわからないが、研究内容はとても興味深いものだった。

この旅が終わったら、やっぱりオースト爺さんの家の隣に家を建てて、そこに住むのもいいかもしれない。前回の爺さんからの手紙に、ラースラを植えるのにいい場所を整えたって書いてあったし。

オースト爺さんとティンファ。それにスノーやアディーにレラル。リアンとイリンや爺さんの従魔たちと一緒に、のんびりと爺さんの研究を手伝いながら物を作って暮らす。

俺はスローライフを夢見ていたのだし、そんな生活も悪くないよな。

まあ、せっかくの異世界なのだから、たまには色々な場所を旅して歩くのもいい。

時間に追われることなく、のんびり大切な人たちと暮らす。

それが俺の望み描いた夢だ。

「アリトさん！　そろそろ夕食ですが、どうしますか？　作るならお手伝いしますよ」

「あ、ティンファ。もうそんな時間なんだ。今行くよ」

ノックの音がして振り返ると、扉の外からそう声を掛けられた。

気づけば、もう部屋の中は暗くなっている。作業に夢中になりすぎたな。

書き上げた手紙と、送る荷物を纏めてアディーに渡し、オースト爺さんへ届けてもらうように頼んでから部屋を出た。

「ごめん、ティンファ。待たせたね。夕食は一緒に作ろうか」

「はい！　今日は昼間に村の人とパンを焼きましたから、パンがありますよ」

「おお、それはいいね。じゃあ簡単に、野菜たっぷりスープと照り焼きでも作ろうか」

カバンに買い溜めしてあった小麦は、この村にも提供していた。その小麦を使ってパンを焼いたのだろう。

この村では麦も少しは作っているが、主食はこの森に自生している芋だそうだ。

だからなのか、小麦を提供したら、とても喜ばれた。

小麦は大袋で大量に入れておいたのだが、さすがにそろそろ自分たちの分を除けば在庫切れだ。

「じゃあ私は野菜を切りますね」

「お願いな」

集会所にある炊事場で手早く夕食を作って食べていると、村長が顔を出した。

「アリトさん。デーラジ草を、無事に植える段取りができました。根の状態がよいので、すぐにでも植えてみるそうです。ありがとうございました」

「それはよかったです。また枯れないといいのですが……。村長さんは夕食を食べられましたか？もしまだだったら一緒にいかがです？　多めに作ってありますので」

「いいのですかな？　では、お言葉に甘えてご一緒させてください」

村長さんに椅子を勧めてから、パンとスープをよそって配膳する。肉は一度に多く調理しておけばマジックバッグに保管できるので、大量に焼いておいた。

「一応、サーヴァも研究はしてくれております。ただ、最初に根付いた時は、デーラジ草の生えている場所の土も一緒に大量に持ち込んだようです」

デーラジ草の群生地は、ここよりもっと森の奥。つまり魔力濃度の高い場所だ。

『死の森』を知っている俺も、あの場所の魔力濃度の異常な高さを感じていた。もう少し濃ければ、辺境地とほぼ変わらないだろう。

「あの場所は、ここよりもかなり魔力濃度が高いと感じました。ここで枯れるようになったのは、魔力濃度が原因かもしれないですね」

「ええ。過去にも何度か土を持ってきたそうです。ですが最近では、デーラジ草の生えている場所の魔力濃度が上がっているようでして。デーラジ草はその環境に適応し、必要とする魔力量も増えているのかもしれませんな。もう今では、運べる量の土だけでは魔力が不足してしまうのでしょう」

あの場所の魔力濃度の高さは、元からではなかったってことか。最近、魔物が棲みつくようになったというのも、魔力濃度が原因かもしれない。

でも、デーラジ草のためにこの村の周辺の魔力濃度を上げたら、今度は先日のように魔物に襲撃される恐れがある。襲われた原因も、もしかしたらデーラジ草のために何度も群生地から土を持ってきたせいで、この辺りの魔力濃度が上がったからかもしれない。

魔力濃度の格差について先ほどオースト爺さんに手紙を書いたけど、返事が来るまで何日かかるかわからない。

それでも、待つしかないよな……。

「もしかしたら、何かいい方法があるかもしれません。何日か時間をいただけますか？」

あくまで可能性ですが、と前置きをし、手紙の返事を待ってもらうことになった。

次の日はスノーやアディーにも協力してもらい、デーラジ草の効果を確認した。

それから数日はサーヴァさんと話をしたり、薬を調合したりして過ごし、五日目にオースト爺さんから返事が届いた。

それをもとに、村長さんには村の魔物対策の助言だけをすることになった。

俺が提案したのは、デーラジ草を村の塀の周りにではなく、あえてこの村からもっと奥へ入った場所に集中して植え、増やすことだ。

オースト爺さんの研究は、植物などを使った土地の魔力濃度の操作だ。

わざと魔力の高い場所を作り出し、それによって周辺の土地の魔力濃度を操作する。

この方法でリアーナさんは強い魔物をミランの森に集め、周囲の土地を安全にした。

魔力が高まりすぎると魔物が溢れることがある。これがスタンピード現象だ。

そしてスタンピードを起こさないために、作り出した高い魔力の地には、土地の魔力を吸収する植物を植えて調整する。

オースト爺さん宛の手紙に、デーラジ草の特性や今までのサーヴァさんの研究成果などを書いて、この村の周辺の土地でもデーラジ草による魔力調整が可能かどうか、尋ねてみた。

結果としては、デーラジ草は魔力を集めるのではなく、魔力を保有する特性があるのではないかとのことだ。そしてその特性をもとに活用法を提示してくれた。

オースト爺さんの活用法を伝えると、この村はデーラジ草の臭いによる魔物除けの効果に頼らず、魔力調整で魔物の脅威を避ける方法を試してみることになった。

俺にできるのは、ここまでだ。

◆　◆　◆

「本当にありがとうございました。アリトさんたちには、大変お世話になりました。この村を代表して、お礼を言わせていただきます」

村長さんにそう言われ、俺は笑顔で返す。

「いいえ。俺もサーヴァさんに薬のことで色々と話を聞きましたし、デーラジ草も手に入りました。それに、この先の辺境地までの道を教えてもらって、こちらこそ本当に助かりました。ありがとうございます」

オースト爺さんの返事が来た二日後、俺たちは村を後にすることになった。

あれから魔物の襲撃はなく、傷を負った人も半数以上が生活に支障がないほどに回復した。狩りに出る人も増え、森での食料集めもできている。

俺たちも十分休めたので、旅立つことにした。お礼として、この周辺の薬草や果物、それに芋などの野菜や山菜も貰っている。

そして何より一番の収穫は、この村よりも北にある、少数種族の村や集落を教えてもらったことだ。道の目印を教わるだけでなく、紹介状も書いてもらった。

この先はもう、目的地まで安心して休むことはできないと思っていただけに、とても助かった。

お蔭で、なんとかティンファに無理をさせすぎずに旅をすることができそうだ。

アディーには一足先に、目印のある道を確認してもらっている。

「では旅の無事を祈っております」

「ありがとうございます。さあ、ティンファ、行こうか」

「はい！」

ここから先は、魔除けの薬を吸わせた布を腕に巻き、とりあえず行ける場所まで歩いていくことにした。魔除けの薬はサーヴァさんがデーラジ草を使い、研究して開発したものだ。

ティンファにはスノーに乗ってもらい、魔物の数が多い場所では俺もスノーに乗るつもりだ。

さあ、目的地までもうすぐだ。倉持匠さんの残してくれた手がかりの場所を目指して行こう！

第二章　旅の先に見えるもの

第八話　手がかりの場所

『そろそろ目的地に近いだろう』

そうアディーが告げたのは、妖精族の村を出発して、一月近く経った頃だった。

村から奥へ奥へと進み、今や『死の森』あるにオースト爺さんの家辺りと同程度の魔力濃度になっている。

魔物除けはある程度効果があり、離れた場所にいる魔物があえて近寄ってくることはないようだ。

ただ、誤って近づいてしまった場合には、逆にいらだって突撃してくるようなそぶりもあった。

ここまではティンファはスノーに乗り、俺は付近の様子を常に監視しながら歩ける場合は歩き、魔物が多い場所はスノーに騎乗してやりすごしてきた。

そしてやっと、倉持匠さんの手がかりが残っているだろう辺境地へと辿り着いたのだ。

妖精族の村の後も、希少な種族の集落や村を辿り、ゆっくりと休める時間を持てたのは本当に助かった。

昨日最後の集落を出たが、これ以上奥には人の住む集落はないとのことだ。

目的地の手がかりを求めて、集落に立ち寄るたびに倉持匠さんのことを尋ねてもほとんど情報はなかったのだが、ついに最後の集落で長から話を聞くことができた。先代の長が倉持匠さんと交流があったそうだ。

倉持匠さんは集落よりもさらに奥地に住んでいて、たまに集落を訪れては物資を交換したり話をしたりしていたそうだ。

だが集落の人で住居を訪れた人はおらず、場所はわからないとのことだった。

ただ、倉持匠さんは集落にも手がかりを残してくれていた。

もし自分のことを尋ねてきた人がいたら、その人に見せて欲しいという伝言とともに、一枚の石板を託(たく)したのだ。

その石板には、日本語と英語で進むべき方向と目印が示されていた。

その石板に従って進み、ここまで来たわけだが。

『どうだ、アディー。この先に何かあるか？』

『いや。何も見えんな。まあたとえ小屋があったとしても、空からだと木々に隠れて見つけられないだろう』

『わかった。とりあえず野営できる場所を見つけてから、アディーは少し先まで偵察に行ってくれないか？　方向は合っていると思うんだが……』

石板に記されていたのは目的地の方向と、もう一つのヒント、『違和感を探せ』だった。

辺境といっても荒野ではなく、一面の森だ。

そんな森の中で誰にでもわかる目印となると、かなり巨大なものになってしまう。

倉持匠さんが生きていた当時は、自分の住まいから集落への獣道か目印があったのだと思うが、何百年、何千年もの間遺(のこ)せるとは思えない。

目印が違和感、って……一体どういうことだろうな？

俺にはアディーがいるから、空から探索が可能だ。

でも、この辺境の地を自由に行き来するだけの実力を持っていたとしても、全員が空を飛べる魔獣と契約しているとは考えにくいし。

となると、目印の違和感とは、空からでも森の中からでも感じられるものだと思うのだが。

「アリトさん、どうですか？　目印は見つかりそうですか？」

「いや、アディーでもまだ発見できないみたいだ。とりあえず今日はもう少し進んだら野営の準備をしようか」

「そうですね。日が暮れる前には寝る支度をしないと、ですね！」

昼食を食べてから、もう結構歩いている。

一瞬も警戒を緩められないこの地では、暗くなった時が一番危険だ。だから日暮れ前には野営の支度を終わらせ、夜間も交代で警戒を続けなければならない。さすがにスノーだけに任せておくのも悪いからな。

火を熾せる場所をアディーに探してもらい、手早く野営準備に取り掛かる。

竈を作って火をつけると、鍋を載せてから風の壁を作って周囲に匂いが漂うのを防いだ。

『それだと空からの魔物に気づかれるぞ。……まあいい。空の警戒はしてやる』

『ありがとう、アディー。スノーとリアンは、俺が料理している間の警戒を頼むな』

風で囲っても、まったく匂いが漏れないわけではない。

ここまで来ると、わずかな匂いでも周囲の魔物や魔獣に気づかれてしまうから、本来は煮炊きを諦めて保存食を食べるほうがいいのだろう。

でもパンと干し肉、干し果実だけだとやはり力が出ないし、寝ても疲れがとれない気がするのだ。

だからあえて、夜と朝は今までのように温かい料理を作ることにしていた。

それでも短時間で食事を終わらせねばならないので、手早く野菜を切り、倒して血抜きした魔物をカバンから取り出して解体する。

そしてスープを作り、肉とパンもどきを焼いた。肉は俺たちもアディーやスノーが食べるのと同じ、上級魔物の肉だ。

「うわあ。今日も美味しそうですね！　強い魔物のお肉は、本当に美味しいですよね」

ティンファは、この地に来て上級の魔物肉を初めて出した時、目を丸くして驚いていた。まあ、中トロみたいな、甘い脂が口の中でとろける感じだからな。

人の場合は魔力を取りすぎると身体に悪いので、俺たちの食事にはあまり上級の魔物肉を使わないようにしているのだが、在庫の関係で頻度が増えてきている。

食事はスノーたちと交代で警戒しながら食べ、片付けが終わったら念入りに空気を巡回させて風の壁を消し、先にティンファを休ませた。

「ティンファ、先に寝てくれ。レラルとイリンも一緒にな。俺だと手に負えない魔物が来た時は、きちんとティンファを起こすんだぞ」

「わかったよ！　ティンファと一緒に寝るよ」

レラルが尻尾を揺らしながらティンファと一緒に布団に入るのを確認し、スノーとともに警戒に意識を集中する。

妖精族の村を出てすぐの頃はティンファも番をしたいと言っていたのだが、ここまで来ると身体を休めることのほうが大事だと納得して素直に寝てくれている。

『周囲を回ってから、違和感とやらを探って遠出してくる。その間は空の気配にも警戒するのだぞ』

『わかったよ、アディー。俺も頑張るから、アディーもお願いな』

倉持匠さんは集落にたまに顔を出していたそうだから、住んでいた家はそう遠くないはずだ。

しかし、目的地を見つけられないまま、こんな危険な場所をうろうろする状態が半月も続いたら、ティンファどころか俺の神経も持たないだろう。

『アリト、向こうから気配が来るよ。アリトは空に集中して警戒してなの』

『わかったよ、スノー』

スノーが警戒の態勢に入ったのを横目に、意識を空へと向ける。

アディーの気配はもうないな。『違和感』を見つけてきてくれるといいのだけど……。

そのまま探っていると、森の奥と空から近づいてくる魔物の気配を感知した。

『スノー、まずい。空からも来る。スノーの方の魔物もこっちに気がついているか？』

『気づいているけど、スノーに警戒して今は近づいて来てないの。……空のは襲ってくるよ。下はスノーに任せて、アリトは空のほうを迎撃するの』

『……わかった。じゃあ、行ってくるよ。落としたら、とどめはスノー、お願いな』

すでに深い眠りについているティンファを起こさないよう、そっと気配を殺して、空から近づいてくる魔物へと向かう。

十分に野営場所から離れたところで、風を足に纏わせて木の上に飛び乗り、弓を構えて空へと向けた。

「よしっ！」

空から俺を狙って急下降してきた、三メートルほどもある巨体の鳥型の魔物へ向けて矢を連続して射り、それを追って風の刃も次々と放つ。

矢と風の刃をかわして突撃してくる魔物に、最後に竜巻のイメージで突風を放つと、すぐさま木から飛び降りて野営地へ向かって走った。

途中でスノーとすれ違った直後、後方からズゥンと魔物が地面に落ちた衝撃と震動が伝わる。

振り返ると、地面に横たわった魔物と、目の前にスタッと着地したスノーの姿があった。

『死んでいるの。首切ったから、そのままでも血抜きできるの。スノーは戻るから、アリトはここで解体しちゃってなの』

『わかった。ありがとう、スノー』

野営地に戻るスノーを見送り、俺は鳥型の魔物のところへ引き返して解体を始めた。

手を動かしながらも警戒網を意識して周囲を探ると、何かの気配が遠ざかるのを感知した。

この周囲では、スノーよりも強い敵はまだいない、ってことか。

例外的に相手が強くても襲おうとする魔物はいるけど、数は多くない。

ひとまず安心だが、気を緩めることなくこまめに浄化をかけながら手早く解体した。

『この周辺、小さな気配もない。皆遠ざかった』

木の枝を走ってきたリアンが、ストッと俺の肩に飛び降りてきた。

『ありがとう、リアン。もう解体は終わるから、戻って少し仮眠しよう』

頬に寄せられたふわふわな頭を撫でると、うれしそうに尻尾を揺らす姿が可愛い。

明日の朝は、リアンとイリンに美味しいご飯をあげよう。新鮮なモツとかいいかもな。

解体した肉を全てカバンに入れ、浄化で血の痕を消して野営地へ戻ると、ちょうどアディーが帰ってくるのが見えた。

『見つけたぞ。確かに違和感を覚える場所があった』

『ええっ！　見つかったのかっ!!』

思わず大声で叫びそうになったが、なんとか堪えて念話で応えた。

『ああ、多分あれで間違いないだろう。ただ……見つかった場所は、まだかなり先だ。明日歩いても着くまい』

『そうか、まだ先か……。でもよかったよ、見つかって。これで彷徨い歩くことはなくなった』

この旅では、ティンファにかなり負担をかけてしまっている。それでも決して「つらい」と言い出さないティンファに、何度も「もういい」と言いそうになった。

でも、やっとこの旅が終わる。

『……こら。見つけたと言っても、目的地を確認できたわけじゃないぞ。手がかりがあっただけだ。安堵するには早い。もっと気を引き締めろ』

『あっ！　ご、ごめん。よし。じゃあ今晩は眠くなるまで頑張るよ。それまではアディーも休んでいてくれ』

つい緩めてしまった心を引き締め、魔力を広げて警戒網に神経を注ぐ。

そんな俺の横にそっと座ったスノーの頭を撫でて寄りかかった。

もうすぐだ。これで、終わらせる。

俺が『落ち人』であることにこだわるのは、もう止めだ。

これからは前を向いて、ティンファとの生活だけを考えるのだ。

一つ深呼吸をし、真っ暗な空を見上げて心を澄ました。

◆　◆　◆

『あ、起きた？　アリト。あの後襲ってきたヤツは、スノーがやっつけておいたの！　褒めてなの！』

ふっと気づくと、スノーの毛並みに包まれていて辺りは明るくなっていた。

昨夜は魔物の気配に神経を尖らせ、何度かあった襲撃を撃退した。

その後、少し休もうとスノーに寄りかかったのは覚えているが、そのまま寝てしまったらしい。

寄せられたスノーの顔を見上げながら、もふもふの首元に手を寄せてかき回す。

「おはよう、スノー。俺、寝ちゃったか。ありがとうな」

『ふん。空から敵が来たのに呑気に寝ていたな。仕方ないから片付けたぞ。あのままだとお前はつつかれていただろうな』

「うわぁ……。アディーもありがとう。最近は、眠っていても気配に気づけるようになったと思ったのに、あれが限界だったみたいだ。今夜は頑張ってみるよ」

近頃はスノーと一緒に寝ることで、スノーが動いたらすぐ起きると、ずっと意識している。でも、昨晩は襲撃が何度かあったので、疲れ果ててつい寝てしまったらしい。

「よし。朝食を作るか。アディーもご飯を用意するから、ちょっと待っていてくれ」

離れがたいスノーのもふもふの毛並みから身を起こし、うーんと大きく一つ伸びをして立ち上がった。

昨日作った竈へと向かうと、野営地の隅に多くの魔物が積まれているのに気づいた。

昨夜はかなり魔物が出たのか……。やっぱりオースト爺さんの家は、従魔たちがいるから安全に暮らしていられたんだな。

積み上がった魔物を見ると、この先の道のりに不安になるが、昨日アディーが見つけてくれた手がかりの場所までは頑張らないといけない。

気合を入れ直して風で野営地を包み、火を熾してアディーたちの食事の肉を焼いた。

焼けるまでの間に俺たちの分のスープ用の野菜を切り、パンもどきの準備をする。

『なあ、アディー。見つけてくれた場所には、今日着くのは難しいんだよな？』

見つけたのは手がかりで、そこからすぐに倉持匠さんの家に辿り着けるかはわからない。

ここからだと、あと何日かかるか……。

『……ああ。ただ、途中に広い空き地があったから、そこには今晩までに着くだろう』

『へえー。今夜の野営地をもう見つけてくれたんだな。助かるよ』

とりあえず今日歩く道筋が分かったのは、ちょっと安心だ。

『……まあ、警戒に励め。今日もこの風の囲いは上が甘いぞ。少し偵察してくる』

『うん、わかった。ありがとうな』

プイと飛んでいってしまったアディーを見送り、朝食の仕上げに入る。

「おはようございます、アリトさん。すみません、なんだかぐっすり眠ってしまいました」

ちょうど朝食ができた時に、ティンファとレラルが起きてきた。

「おはよう、ティンファ。いや、昨夜は俺も眠っちゃったみたいなんだよ。アディーとスノーが魔物を撃退してくれたんだ」

「おはよう、アリト。夜にスノーおねえちゃんとアディーが戦っていたよ。『レラルはいい』って言われたから、ティンファの隣でずっと寝てたの」

「そっか。休めたならよかったよ。じゃあ朝食にしよう」

ティンファの足元から見上げてくるレラルと肩に乗ってきたリアンの頭を撫で、スノーたちのご飯を先に並べた。

「今日の野営地はもうアディーが見つけてくれたから、真っすぐそこを目指すよ。手がかりも見つけてくれたしね」

「さすがアディーさんですね！　手がかりから目的地もすぐに見つかるといいのですが……」

「まあ、そこもアディーが頑張ってくれるよ」

『スノーも！　スノーも頑張って探すの！』

背中にドンッと衝撃が来て、スノーに頭でぐりぐりされた。思わず前のめりになって、食事の皿を転がしてしまいそうになる。

「うん、ありがとう。スノーももちろん、頼りにしているよ。今日もよろしくな」

振り返ってスノーの顔を撫でていると、ティンファが微笑みながらこちらを見ていた。

「スノーちゃん。今日もよろしくお願いします」

『うん！』

食事を終えたら野営地の片付けをティンファに頼み、夜の間にアディーとスノーが倒してくれた魔物を風の障壁の中で解体する。

もう動かないというのに、リアンとイリンがびくびくと遠巻きにしているから、かなり強い魔物なのだろう。

解体を終えたら浄化を掛けて血の痕を消し、念のために風で空気をかき回してから風の障壁を解いた。

「ティンファ、お待たせ。今日もティンファはスノーに乗っていてくれな。イリンはティンファと一緒に、リアンは木の枝から偵察をお願いするよ。じゃあ、行こうか」

空を飛ぶアディーに先導を頼み、スノーの隣に並んで森の奥へと歩き出した。

その日も、アディーに協力してもらってなんとか襲撃を退けて、まだ明るいうちに野営地に着くことができた。

「うわ。これは広いな。アディーが手がかりを探しながらでも気づくはずだよ」

これまでの鬱蒼（うっそう）としていた森から一転、そこだけぽっかりと開けて草が生い茂り、広場のようになっている。

久しぶりに、何も遮るもののない広い空を見上げることができた。

『今晩はここで野営だ。明日のことは明日話す』

『ありがとうな、アディー。真っすぐ案内してもらえたから、日暮れまでに余裕を持って到着できたよ』

広場の真ん中だと空からの襲撃があった時にひとたまりもなさそうだったので、森に近いところに寝る場所を決めた。

地面均しをティンファに頼み、まずは今日撃退した魔物をカバンから出して解体する。

終わったら切り分けた肉を串に刺して火のそばに並べ、それとは別に竈を作って鍋を置いた。

食事を作って食べ、それでもまだ早い時間だったので食後にお茶を淹れた。

「もうすぐ、手がかりの場所に着くのですよね。なんだか感慨深いです」

「そうだね。まだ辿り着いたわけではないけれど、やっとここまで来たよ。……ティンファには、本当に大変な旅に付き合わせてしまったね」

火のそばにいるティンファはレラルとイリンを膝の上に乗せ、俺は隣に座るスノーの背中を撫でながらお茶を飲む。

「いいえ、そんなことありません。……アリトさんと一緒にここまで旅して、私も様々なことを学ぶことができてうれしいのです。だって、あのままずっと村で暮らしていたら、こんなにたくさんの人と出会い色々なことを体験する機会なんて、絶対なかったですから。私にとっても、凄く貴重な体験でした」

その言葉に、旅に出てから今まで出会った人たちのことを思い出す。

こんな森の奥の、買い出しもほとんどできない自給自足の生活は、とても不便で大変だというのに、ずっと暮らしてきた土地だからと笑っていた人たち。

集落の人たちと話をして、この旅の後も自分の望む場所で好きに暮らしていいんだ、と本当の意味で実感できた気がする。

旅が終わった後、俺はオースト爺さんのところへ戻るのだ。そしてのんびりと自給自足しながら暮らす。

大変なことはあるだろうが、全ては自己責任だ。

オースト爺さんの家から旅立った時は、スノーとアディーにおんぶにだっこだった。

でも、これからは自分の意志で、己の力で生きていく。

まあ、アディーとスノーがいなければ、到底こんな場所まで来られなかったんだけどな！

「俺も、自分の足で旅をしてきてよかったと思っているよ。とても大変で、スノーとアディーには世話になりっぱなしでも、やっぱり進むごとに成長していくのが実感できている気がするんだ」

「そうですね。私も一つ一つ着実に、自分の足で歩いている実感を持てました。母のことは大事な思い出ですが、それにとらわれる必要はない、自分のやりたいことを心のままにやればいいんだって」

ティンファはこの旅での疲労が蓄積し、かなり無理をしているはずだ。それでも笑顔でいる彼女には、最初に出会った頃よりもさらに強さを感じる。

やっぱりティンファは凄いな。もう何度もそう思ったけど、これからもずっと実感し続けるのだろう。

でも、さすがにこれ以上奥に進んだら、スノーもティンファを乗せたまま戦うのは厳しい。

だからそろそろ、この辺で見つかってくれたらいいのだけど……。

この旅ではたくさんの経験ができて充実しているが、無理をするにも限界があるのだ。

それに……今の自分には、倉持匠さんが何を残していたとしても全て受け入れる覚悟がある。

どんな結果が書かれていても、もう俺は自分が『落ち人』であることへの拘り(こだわ)はない。

ティンファが笑って受け入れてくれたことで、心に沈んでいたしこりがどんどん解け(ほど)ていったのだ。

「そうだね。今のティンファなら、オースト爺さんの家でも、すぐに馴染んで新しいことを始めるかもしれないね」

「ふふふ。とても楽しみです。……では、そろそろ休ませてもらいますね。何かあったら、遠慮なく起こしてください」

「うん。おやすみ。ゆっくりと休んでくれな」

これまでティンファを夜中に起こしたのは、空から数匹の鳥の魔獣に襲われた時だけだ。俺が対処に失敗した結果、近くで騒ぎになってしまった。

布団に向かうティンファを見送り、俺はスノーに身体を預けると、集中して周囲の気配を探る。

そして夜は更(ふ)けていった。

◆　◆　◆

昨夜は野営場所が広めの空き地だからか気配に気づきやすく、薄い眠りから何度か目を覚まして襲撃を退けることができ、無事に朝を迎えた。

朝食も済ませ、手がかりを求めてさあ出発だ！　となった時。

『……アリト。まだまだお前は風の使い方が未熟だがな。まあ、最初の頃に比べればマシにはなった』

『アディー？　……まあ、確かにまだまだだけど、少しは認めてもらえたってことなのか？　それならうれしいよ』

『フン。だから、「いつか」と言ったが、これからも真面目に修業に励むなら、前借りをさせてやる』

『前借りって、認めてもらうことをか？　俺だって風を使いこなしたいから、もちろんこれからも修業は続けるけどさ』

『……確かに昨日、手がかりと思しき違和感を見つけたが、恐らくここから歩いて近づこうとすると、ティンファがもたんだろう。仕方ないからな、そこにいろ』

ティンファがもたない、っていうのは、アディーに誘導してもらっても地上から行くのは難しい、ってことか？

「アリトさん？　どうかしたのですか？」

「んー。なんかアディーがちょっと待ってろってさ」

『あっ！　アディーの魔力がどんどん大きくなっていくの！』

「えっ？」

スノーの言葉に、慌ててアディーの気配のある広場の中央に目を向けると。

「あっ!!」

「ふわぁーー!!」

「凄いよ!」

『アディー、大きくなってくの!』

ティンファと俺に続き、レラルとスノーも驚きの声を上げる。

空の青よりも碧い、羽の色。優美に長い尾羽が風に揺れて。

「お、大きいっ! もしかして、これがアディーの本当の姿なのかっ!?」

そこには風の王と呼ばれるにふさわしい、広場いっぱいに羽を広げたウィラールの姿があった。

頭から尾にかけては鮮やかな碧のグラデーションに染まり、飾り羽が風になびいている姿は、誰もが目を奪われるだろう。

陽射しに羽毛がキラキラと輝いていて、神々しさすら感じる。

『なんだ。そんなに口と目を大きく開いて。バカみたいだぞ。まあ、普段とそんなに変わらんか』

あまりの美しさに、つい呆然と見とれてしまう。バカみたいだと言われても、アディーの美しい姿から視線を逸らせなかった。

ああ……。本来の姿はとても格好良くて綺麗なのだろうな、とは思っていたけど、これは想像以上だ。

この姿を見ることができるのは、アディーが俺をきちんと契約主だと認めてくれた時だとずっと思っていた。

『前借り』と言っていたが、少しは認めてくれたってことか？

『おい。いい加減に動け。お前が歩くと言ったし修業になるからお前のやり方に付き合ったが、ここから先は危険な上に、進むだけでかなり時間がかかるだろう。俺には手がかりの違和感は見つけられても、その先の答えを導くことはできないからな。仕方がないので俺が連れていってやろう』

アディーもスノーも優しくて、俺のことを優先してくれるんだよな。

俺には本当にもったいない従魔、いや家族だ。

実際、この地を俺とティンファで進もうなんて、無謀の一言だ。実力不足も甚だしい。

二人でスノーに騎乗して進めば、とっくの昔に辿り着いていたことだろう。

空からなら、もしかするとエリダナの街から一日、二日で着いたのかもしれない。

だというのに、スノーとアディーは俺に付き合って、面倒を見ながらここまで連れてきてくれたのだ。

そんなことは最初からわかってはいたが、アディーのこの姿を見て心の底から実感する。

『おいっ！　いい加減にしろっ！』

『あ、ああ、ごめん。アディーがあまりにもキレイだから、見とれていたよ。それがアディーの本当の姿なんだな』

『フン。いいからさっさと乗れ！　補助はするが、お前も自分で風を操作して障壁を張るんだぞ』

『わかったよ。……ありがとう。アディーに乗せてもらえるなんて、夢みたいだ。すっごくうれしいよ。これからも精進するな！』

一つため息をついてから視線をアディーから外して、隣のティンファを振り向くと。

「ふわあー。凄く美しいですね、アディーさん。図鑑に載っていたウィラールを見た時、とても憧れたんです。いつかウィラールが空を飛んでいる姿を見たいな、って。アディーさんと出会えて、その夢も叶ったのですが、こうやって本来の姿を見ると、想像していた姿よりもさらに優雅で素敵です！」

満面の笑みを浮かべてはしゃぐ姿に、自分もまだ浮き立っているのを感じる。

「うん、凄いよな。俺もアディーと契約してからずっと、本当の姿を見てみたいって思っていたんだ。今日はアディーが俺たちを乗せて、空から連れてってくれるそうだよ」

まあ、『前借り』って部分はちょっと複雑だけど、背に腹はかえられない。

「ええっ！　わ、私まで乗っていいんですかっ？　う、うわぁ……。こう、何て言っていいか、か、感激です！」

『今日はアディーに乗るの？　わかったの！』

「大きなアディーに乗って空を飛ぶの？　……アリト、わたしは小さくなるから、落ちないように抱っこして？」

喜んで今にも走っていきそうなスノーと、びくびくと足元にすり寄ってくるレラルの姿に、ふっと力が抜けた。

リアンとイリンは……と思ったら、俺たちの後ろで抱き合ってブルブル震えていた。

……まあ、な。いくらアディーが俺たちの仲間だとわかっていたって、強大なウィラールだし、大きさも違いすぎるからなぁ。

しゃがんで二人を抱きかかえると、ビクッとして顔を上げた。

『きょ、今日はあの大きなアディーで空飛ぶ、のか？』

まだガタガタ震えるイリンを抱きしめ、震えながらも口を開いたリアンに頷く。

「大丈夫だよ。アディーは俺たちを落としたりなんかしないって。怖かったら、俺とティンファで抱っこしているから心配しないで」

「あっ！　ご、ごめんねイリン。大丈夫よ。だってアディーさんだもの！　とっても優しいから、何も怖くなんてないのよ？」

まだ呆然とアディーを眺めていたティンファが、イリンのことに気づいてすぐに顔を寄せた。するとイリンが手を伸ばしたのでティンファに渡す。

ティンファに抱きしめられて震えが止まり、肩へ上って頬にすり寄るイリンの姿に、リアンはガーンとショックを受けて固まっていた。奥さんが自分ではなく、ティンファに抱きしめられたことで安心したのがショックだったのだろう。

そんなリアンの頭をポンッと撫でで肩に乗せ、大判の布を取り出して首に結ぶと、足元のレラルを抱き上げた。

「大丈夫だよ、レラル。ほら、小さくなってここに入るといいよ」

「う、うん……」

リアンとイリンの方をチラチラ見ながらも、ちょっと恥ずかしげに小さな赤ちゃんサイズになったレラルを、布の中へと入れる。

そうして皆でアディーのもとへと近寄っていった。

『やっと来たか。さっさとしろ。魔物が近づいてきたら面倒だ。スノーは小さくなって乗れ』

『うん、わかったの！　お空の旅、楽しいの！』

あっという間に小さくなったスノーが、風を纏ってぴょんとアディーの背中に飛び乗った。

それを見て、ティンファと一緒に風を足に纏って飛び上がる。

一瞬の浮遊感とともに、ふわっとアディーの背中の座りやすい場所に着地した。アディーが風で補助してくれたようだ。

「ありがとう、アディー。じゃあよろしくな！　アディーが見つけた場所へ連れていってくれ」

「よろしくお願いします、アディーさん。私まで乗せてもらって、ありがとうございます」

『出発、なの!!』

『しっかり風を使うのだぞ』

全員が背中に座ったのを確認し、アディーは羽ばたき一回でふわっと浮かび上がった。

「「『おおーーーーっ!?』」」

あっという間に森の上へ、そしてそのまま雲が間近に感じられるほどの高度になる。

『おい。魔法はどうした』

「あっ！　ご、ごめん。じゃあ俺たちのバランス補助の風の障壁を張るよ」

あまりにも何も抵抗を感じずに飛び上がったので、すっかり魔法を使うのを忘れていた。

今はアディーが保護の風を巡らせてくれているのだろう。飛ぶのが上手いアディーなら俺が魔法を使う必要はないだろうが、これも修業だからな。頑張って維持しよう。

全力で走るスノーに乗って霊山を目指した時と同じように、アディーの頭の先を頂点にして風を切り裂くような形の障壁を張る。

それに寄り添うみたいに、ティンファが身体の周囲を風で包んだのを感じた。

『では、行くぞ。すぐ着くがな』

俺たちが障壁を張ったのを確認すると、アディーがすーっと前方へ力強く羽ばたいた。

「うわぁ！　凄いです！　あまり羽ばたいてないのに、みるみる景色が流れていきます！」

途端にティンファがはしゃいだ声を上げた。

ぐんぐん景色が進み、あっという間に広場が見えなくなる。

『おい、呆けているな。もうすぐだ。スピードを緩めて通るから、しっかり違和感を探すのだ』

「あっ！　わ、わかったよ、アディー」

オースト爺さんの従魔であるロックバードのロクスはかなり荒い飛行だったが、キーリエフさんのルーリィは穏やかだった。

そしてアディーはほとんど揺れず、飛行のあまりの滑らかさに呆けている間に、目的地に着いてしまったらしい。

『ホラ、ここだ』

そう言われたのは、飛び立ってから五分も経っていない時だった。

恐らくそれだけで俺たちの進む一日分以上の距離を飛んだのだろう。

見渡しても、今までと特に違うところはない。空から見下ろしても、ただ森が広がっているだけだ。

この森の木は高さがそれほどでもないので、もし建物があれば気づけると思う。

まあ、建物が空から見える場所にあるのなら、アディーが気づかないわけがないが。

「あ……。確かに今、何か違和感があった。なんだろう、これは……」

何かを感じたのは、アディーに言われた時と、方向を変えてゆっくりと飛んで少し経った時の二度だ。

「違和感、ですか？　私には何も感じられませんでしたが……」

ティンファは気づかなかったか。でもアディーが感じたのなら。

『なあスノー。スノーは何か感じたか？』

『うん、なんか変な感じはしたの。でも景色も変わらなかったし、何かはわからなかったの！』

そう、景色に変化があるわけではなかった。

でも、言葉では説明できない、何かが違うという微かなものを肌で感じたのだ。

……ん？　考えてみれば、違和感があるのに何も変化が見当たらないってことが、変なんじゃないか？

「アディー！　ごめん、もっと高度上げて、違和感があった全ての場所まで、上空から下りていってくれないか？」

『フン。何か掴めたか。さっさと答えを出すのだぞ』

ゆっくりと飛行していたアディーが、ぐっと身体を傾けて急上昇する。

「あっ！　雲、雲が近づいてきていますっ！　はわわわわ。とっても高い場所にいるんですね！」

どんどん上昇し、座っていた身体が斜めになって、ティンファが張った風に受け止められながら薄雲の中へと突入する。

「生身で雲の中を飛ぶとか、凄いよな。アディー、そろそろ戻ってみてくれ！」

雲の上から周囲を見渡しても、眼下には地平線まで森が広がっていて、特に変わったところはない。

そしてアディーが反転し斜めに急降下すると、今度はどんどん森が近づいてくる。

タイミングがわかっていたので、風で身体を支えたけど、ティンファが横からぎゅっと抱きついてきた。

ロクスのおかげで、空の移動は慣れている。少しだけ、ロクスのあの酷い飛行を体験していてよかったって思ったよ。

あっ‼　今、あったな！

雲と森との中間ほどの高度を過ぎた時、さっきの違和感があった。

上空からの下降を東西南北に移動しながらいくつもの場所で繰り返し、確信する。

違和感を覚えた地点は、上下に飛んだ時はほぼ同じ高度にあり、左右に移動した時はその高度よりも低かった。

そうして地点を線で結んでいくと、ここら一帯が箱形の何かで囲まれていることがわかった。恐らく、風の障壁みたいな目に見えない魔力を伴ったものだろう。

なんでそんなものがあるのか？

当然その答えは、倉持匠さんが住んでいた家を隠すためだ。

だとするとこの障壁は、光学迷彩のような作用があるもの、ということになる。

『……何か掴んだようだな。この後はどうするんだ？』

『何があるのかは、わかった気がする。恐らく、薄い膜みたいなものでこの辺りの景色を誤魔化しているんだろう』

でも、囲まれている中へ入ったはずの場所から見ても、建造物も、目印になるものも見当たらないんだよな。

あるいは、もしかすると目の錯覚を引き起こされているのか？

仮にそうならば、どうにかしてその現象を起こさせないでこの地帯に入らないといけない。

その方法は……。

「アディー。戻ってもう一度、違和感がある地帯を抜けてくれないか？　少し実験してみたいことがあるんだ」

「えっ！　アリトさん、何かわかったんですか？」

「うん。多分ね。やってみないとわからないけど」

『アリト、凄いの！』

「凄いよ、アリト！」

スノーもレラルもそう言って喜んでいる。

アディーの背の上なのに、小さくなったスノーの突進を前から受けて倒れ込んでしまった。

身体の上のスノーのもふもふと、背中で感じるアディーのふわふわな羽毛に挟まれて、こんな時なのにとても幸せな気分になる。

まあ、実験はダメで元々だしな。とりあえずやってみよう！

さあ、倉持匠さん。貴方までもうすぐだ！

日に染みるような青い空を見上げて、旅の最終目的地がすぐそこだと改めて感じた。

「それじゃあ、行くよ。皆はさっき俺が言ったようにな。アディーが一番大変だと思うけど、よろしくな！」

あれから何度も違和感がある辺りを飛んでもらい、ある場所を特定した。

今はその手前の空中で止まってもらっている。

『ふん。俺にとっては別に何でもない。ホラ、行くぞ』

「ああ！　皆、目をつぶって!!」

目を閉じて視界が暗転した瞬間、アディーがすっと進んだのを感じる。

そしてすぐに、違和感がある地点を通り抜けた。

「よし！　アディー、ここからはゆっくりとお願いな！　皆も目を開けて、建物か何かを探してくれ！」

ゆっくりと開いた目には、先ほどと変わらず空と森が広がっているのが映った。

だが、今までとは違ったものが見えるはずなのだ。

違和感の元が視覚に作用する何かだと仮定して、それがどのタイミングで仕掛けられているのかを検討してみた。

障壁を通り抜ける際に違和感を覚えるなら、その時に何かされていると考えるのが自然だ。

視界といえば、目。だったら障壁を通る時に目を閉じてみたらどうか？

そうアディーに提案すると、『俺が指示するからやってみろ』と言われたので、とりあえず今試してみたわけなのだが。

さて、この推測は、はたして合っていたのだろうか？

『……当たりだな。見つけたぞ』

「えっ！　本当か、アディー!?　ど、どこだっ？」

あちこちをきょろきょろと皆で見回している中、最初に見つけたのはやはりアディーだった。

思わず立ち上がってアディーの背を歩き、首に座ると嘴で前方を示される。

その方向を見てみると……。

「あ、あれか!!　多分、間違いないよな。アディー、あそこに降りられそうか？」

さっきまではなかったものが、そこにはあった。

森の上に飛び出ている尖（とが）った岩山。ビルみたいなその岩山に寄り添うようにある建物が、微かに見える。

やっと、見つけた。

とうとう辿り着いたんだ。

『無理だな。岩山の上にとまるから、そこからは自力で飛び降りろ』

今の身体の大きなアディーが降りるには、それなりの広さが必要だ。

「まあ、そうだよな。わかった。じゃあ岩までよろしくな」

ゆっくりと近づいてくる岩をしっかりと見つめてから、ティンファたちのところに戻る。

「見つかったんですか？　アリトさん！」

『アリト、見つかったの？』

身を乗り出してきたティンファとスノーが可愛くて、思わず頭を撫でて満面の笑みで返す。

「ああ！　恐らくあそこだと思うよ。アディーが見つけてくれたんだ！」

「さすがですね、アディーさん!!　よかったですね！　着きましたね！」

手を伸ばしてきたティンファと、手のひらを合わせて喜ぶ。

『あー！　スノーも！　スノーもなの！』

ティンファと俺の手の間に、無理やりスノーが鼻を突き入れた。

あまりにも可愛らしくて、ティンファと二人で顔を見合わせて笑ってしまった。

「ついに見つかったのよ、スノーちゃん！　よかったわね！」

その鼻先を撫で、首に抱きついてティンファが喜ぶ。

ティンファが離れた時、さっきまで無意識にティンファと手を繋いでいたことに気づき、赤面しそうになるのを堪えるのに必死だった。

え、今の恋人つなぎってやつ、だったよな！　……小さい、細い手だった。これからずっと俺が頑張って、ティンファのことを守らなきゃな。

「アリトさん？　どうしたんですか？」

「い、いや、何でもないよっ！　あ、そうだ。それで、アディーが降りられる場所がないから、あそこの岩山の頂上にとまるって。そこからは自分たちで降りるしかないみたいなんだけど、ティンファは大丈夫か？」

つい今後の二人きりの生活にまで考えが行ってしまい、真っ赤になっているだろう顔を振ってどうにか意識を今に戻す。

いくら目的地を見つけたからといって、まだこの旅は終わっていないものな。

そう、今から倉持匠さんが残してくれたものと対峙するのだから。

「は、はい。頑張ってみますね」

「無理そうだったら、スノーに乗るといいよ。あ、リアンとイリンはスノーの上な。大丈夫だよな、スノー」

『うん、スノーはあのくらいの高さなら全然平気なの！』

「レラルはそこで大丈夫か？　風圧はかからないように飛び降りるからな」

「う、うん。ここなら大丈夫だよ」

胸元の布の中のレラルにも声を掛ける。レラルは飛び立った直後は震えていたが、アディーのまったく揺れない飛行に安心したのか、今はとても落ち着いている。

キーリエフさんのルーリィには普通に乗っていたから、アディーがもの凄いスピードで飛ばすと思って怯えていただけなのかもしれない。

『おい、もう着くぞ。準備はできたのか？』

「あ、ごめん、アディー。ティンファ、もう着くけど大丈夫かな？」

「はい！　じゃあ、スノーちゃん、お願いしてもいいかな？　ちょっと私には高そうなの」

『うん、いいよ！』

先ほど見た岩山が、ゆっくりと目の前に迫ってくる。

上から見た通り、周囲の森からは頭一つ突き出ていた。高さはビルの四階くらいはあるかもしれない。

うっ……。でも俺がスノーに乗ったら、アディーに怒られるよな。頑張るか……。

そのまますうっと衝撃もなく、岩山の天辺にアディーがとまった。

『ホラ、降りろ。お前たちが降りたら、俺は小さくなるからな』

「うん、ありがとう。じゃあスノー、ティンファとリアンとイリンをよろしくな。ティンファはいつものようにスノーに乗っていれば大丈夫だから」

「はい！　アリトさんも、気をつけてください」

ティンファが乗れる大きさになったスノーは、ティンファとリアンとイリンを乗せると、何の躊躇もなく飛び降りていった。

「ふう……。よし、俺も行くか」

目を閉じて集中し、魔力を足へ集めて風を纏う。

そして、下を見ないように一思いに飛び降りた。

風を操作して風圧を押さえ、足に纏った風で浮力を得てなんとかふわっと着地する。

「うおっと」

トン、と軽い音を立てて降りたが、勢いを殺しきれずにたたらを踏んでしまった。

『ふん。もっとスムーズに操れるように精進しろ』

「う……、わかったよ」

すかさず突っ込んできたアディーに応え、体勢を立て直すとやっと周囲を見渡した。

「おお。家、いや、庵か」

俺が降りたのは、庵の前にある少しだけ開けた場所だった。

岩山を振り返ると、岩に埋め込まれた大きな扉が見える。恐らくこの中に、手がかりが書かれたものがあるのだろう。

庵は上から見た時にははっきりとはわからなかったが、藁ぶきの屋根のある日本式で建てられた家だった。

「凄いですね！　最初に通った時に気づかなかったなんて、逆に信じられません」

すぐ近くにいたスノーの頭を撫で、じーっと建物を見ているティンファの言葉に頷く。

「うん、そうだね。あの景色をゆがめていた透明な膜みたいなのは、今までどうやって維持できていたのだろうな」

この庵だって、屋根にふかれている藁のような植物が朽ち、所々落ちて薄くなっている箇所は

あったが、それでも倒壊する様子はない。

リアーナさんが倉持匠さんに会ったのは、はっきりと覚えていないほど前だと言っていたので、恐らく何百年という月日が経過していると思うのだが。

……もしかしたら倉持匠さんは、長い時を生きていたのだろうか。

『おい。そこでぼうっと見ていても仕方なかろう。さっさと調べてはどうだ』

「あっ！　そうだよな。……じゃあ、とりあえず庵から、かな」

つい、ここまできて不安になり、考えて込んでしまいそうになった。

ダメだな。ティンファの強さを見習わないと。

「ティンファ。こっちの庵……ええっと、この家から見てみようか」

「はい。……でも、いいのでしょうか。私も入ってしまって」

ああ、『落ち人』のことだから、か。ティンファは当事者ではないからか、このことについて自分から踏み込んでくることはなかった。いつも一歩下がって、見守ってくれていたのだ。

でも、俺は。

「一緒に行こう。ティンファに隣にいて欲しいんだ」

「はい！　私はいつでもアリトさんの隣にいます！　では、行きましょう！」

パッと顔を輝かせ、うれしさが見てとれる満面の笑みを浮かべた。そんなティンファに、少し照れくさくなりながらも微笑み返す。

「リアンとイリンとスノーは、俺が戸を開けて中を確認するまで、ここで待っていてくれ。スノーは一番小さくなっておいてくれな」

『気をつけてね、アリト。何かあったらすぐスノーが駆けつけるの！』

「うん、よろしくな、スノー。じゃあ、開けるよ」

周囲の魔力の濃さにおどおどしているリアンとイリンをスノーに託し、肩にアディーを乗せて庵の戸に手を掛けた。

「あっ、横に開くようになっているのですか！　どういう風に開けるのかと思いましたが、不思議な造りですね」

確かに、この世界では引き戸は一度も見なかったかもしれないな。

戸に手を掛けて横へ動かすと、スッと開いて土間が現れる。

前に読んだ手紙の内容からして、倉持匠さんは俺とほぼ同世代だろうと思っていたのだけど、どう見ても昭和初期とか、それより前の造りだよな。

この世界には魔道具があるのだから、現代の台所を再現することもできたはずだ。わざと昔ながらの造りにしたのか？

土間には竈や水甕（みずがめ）などの台所の設備があり、そして奥は一段高くなった部屋になっている。

祖父母の家も、以前土間だった場所を改装して台所にしてあったので、俺にとっては見慣れた景色だった。

「そんなに埃も積もってないよな。……どういうことなんだろう」

そう、建築様式よりも、もっと気になることがあった。

建材の木や土壁などの古さは感じるが、長年降り積もったはずの埃はどこにも見当たらないのだ。

「そうですね。ここは、定期的に掃除しているというよりも、ずっとこのまま時が止まっているような感じがします」

時が止まっている。うん、まさしくそんな感じだ。ここに住んでいる住人が、今帰ってきても不思議じゃない雰囲気がある。

「本当だね。よし、上がってみようか。あっ、別に部屋は汚れていないみたいだから、ここで靴を脱いでくれないか？」

「はい、わかりました。やはり、アリトさんの世界の建築様式なのですね？」

「そうだね。俺が育った家に似ているよ」

だからこうやって靴を脱いで上がるのが、とても懐かしく感じる。

「あっ、畳だ!?　イグサみたいな草を見つけて、わざわざ編んだのかな」

板の間に上がり、障子戸ではなかったが木戸を開くと、そこには畳が敷かれた部屋があった。

部屋の真ん中にはちゃぶ台が置かれ、壁には棚が設置されている。やはり、まるで最近まで人が住んでいたようだ。

「ほわぁ。板や布を敷いているわけではないのですね。畳、って言うのですか。なんだか不思議な感じです」

畳の上を歩いて、その感触にティンファは驚いていた。

柔らかいのに、ちゃんとしっかりと踏みしめられる感触って珍しいよな。

でも、とても懐かしい。

「ふふふ。この畳に直接座るんだよ」

「なるほど。だから靴を脱いで上がったのですね。机もそのために低いというわけですか」

部屋の隅には座布団もあった。やはりメラニカ草——この世界での綿花——を見つけて作ったのだろう。俺と同じことを考えたんだなと、つい笑ってしまった。

現代日本では昔ながらの日本建築は少なくなったけれど、故郷を思うとやはり和室が目に浮かぶ。

その心のままに、倉持匠さんはこの庵を建てて住んでいたのだろう。

彼の胸中を思うと、俺も郷愁を覚えた。

「……こういう家で、アリトさんも暮らしていたのですね。実際に目にすると、私たちと違う生活をアリトさんが送ってきたのだと、つくづく感じます」

「ここみたいな家は、実は昔の建築様式なんだ。今は木の床だし、まあ靴は脱ぐけど建物自体はアーレンティアとそんなに変わらないよ」

王都やエリダナの街で見た建物は、中世ヨーロッパよりも現代に近かった。窓ガラスがもっと普及してメラニカ草の綿が手に入れば、かなり現代日本に近い生活になるだろう。

ただ、この世界には風呂や家電はない。魔道具はあるが、家電ほど便利になるにはまだ時間がかかりそうだ。

でも、マジックバッグみたいな便利なものも作れるし、慣れれば生活にさほど不自由は感じないよな。

「ふふふ。なんだかうれしいです。では、他の部屋も見てみましょうか」

「そうだね」

畳に未練を残しながらも、廊下に出て次の部屋へ向かう。

その時、ふと誰かに見られているような気配を感じた。

第九話　岩室

周囲を見渡しても、何も不自然なものはない。

奥に続く廊下には次の部屋の戸。そして反対側の引き戸を開ければ、恐らく外だ。

振り返っても、開けたままの入り口からこちらを見ているスノーの姿と、土間があるだけだった。

んー、気のせいか？

『何をやっているのだ。奥へ行くんじゃないのか？』

『アディー、今何か気配を感じなかったか？　どこからか見られているような気がしたんだけど……』

『フン。敵意はないが、ここに着く前から岩山の方にいたぞ。姿は隠しているがな』

「え、えええええっ!?」

なんだって!!　俺たちはずっと見られていたのか!?

「ア、アリトさん？　どうしたんですか、きょろきょろと辺りを見回していると思ったら、急に大声を上げて……」

「うわっ、ごめん。なんだかこっちを見られているような気がしてアディーに聞いてみたら、最初からずっと何かいるって言われて驚いたんだ」

「えっ、そうなんですか？　まあ、アディーさんが何も言わなかったのなら、こちらに害意はないのでしょうけど」

ティンファは微笑んで、俺の肩にとまるアディーを見つめた。

エリダナの街で、アディーにはティンファを守るためについていてもらったので、二人は言葉がなくてもどこか通じている感がある。

でも今の感じだと、なんだか俺よりもティンファのほうがアディーのことを信頼しているようだ。

いや、俺もアディーのことは信頼しているし、とても頼りにしているけどな！

……ティンファを守りたいなら、こういうことで動揺していたらダメか。

でも、やっぱり腑に落ちないよなぁ。

「アディー、何かいるならいるって最初に言っておいてくれよ。ビックリしたじゃないか。いくら敵意がなくたって、まったく警戒が不要ってわけではないだろう？」

『ソン。気配の主は、この岩山に棲んでいるのだ。だがお前の目的地はここだろう。ならば、進むしかあるまい。今もこちらの様子を見ているだけで、動く気配すらないぞ。そもそも、お前は気配に気づくのが遅い』

「まあ、そうだけどさ。俺の心構えが違うっていうかさ……」

警戒をしていても、まったく気づけなかった相手だ。だから存在を知ったところで、俺にはどうにもできないだろうけど。

「ふふふ。ではそちらはアディーさんに任せて、とりあえず次の部屋へ行きませんか？　岩山の方も調べるのですよね」

「そうだな。じゃあ次の部屋へ行こうか」

アディーのつれなさはいつものことだけど、ティンファは本当にあまり物怖じしないよな。

「やっぱり布団は作るか。固い場所じゃ、寝た気にならないよな」

廊下を進んで次の間の戸を開けると、そこは寝室だった。

木のベッドの上に、布団がたたまれて置かれている。枕も整えて上に載せられているので、倉持匠さんはきちんとした性格だったことが窺える。

「アリトさんの世界だと、やはり布団なのですね。私も布団を作っていただいてから、とてもよく眠れています。もう、毛布一枚敷いて寝る、なんてできそうにないです」

「布団をさっきの部屋の畳の上に敷いたり、ベッドの上にもっと厚いマットを置いてその上に重ねたりして寝るんだよ」

部屋にはベッドの他に、本棚と箪笥、小さな物書き用の机と椅子があった。本棚には、多くの書物が並べられている。

この部屋には『落ち人』の手がかりはないと思うのだが、淡い期待を胸に、つい本棚の本に手を伸ばしてしまった。

羊皮紙製の本だが保存状態は良好で、そのまま捲っても支障なく読むことができた。

やはりこの家は、時を止めてそのまま保存されているようだな。

この部屋にも埃がなく、木製の家具も朽ちていない。倉持匠さんが生きていた時のまま遺されているのだろうと、容易に想像がついた。

「どのくらい前のものなのでしょうね。全然古くは見えませんし」

「そうだね。空気も澱んでいる感じはないしな」

ざっと本を捲り、本棚に倉持匠さんの手記などがないことを確認した後に、廊下に出て突き当たりの戸を開いてみた。

「おおっ！　風呂がある！　やっぱり風呂がないとな」

「お風呂というと、キーリエフさんの屋敷にアリトさんが作ったものですね？　でも、あのお風呂とはまた違った感じですね」

引き戸の向こうにあったのは、石を敷き詰めた床の上に木の浴槽が置かれた風呂場だった。湯は魔法で出していたのか、配管などはない。

「普通の家にあるのは、こういう風呂なんだよ。キーリエフさんの屋敷に造ったのは露天風呂っていって、大きな宿や大衆浴場にあるものなんだ」

「そうなんですか。でも、やはりアリトさんと同じで、お風呂があるのが当たり前だったのですね。ふふふ。私たちが住む家には、お風呂を造りましょうね」

わ、私たちが住む家って⁉

ティンファと一緒に風呂に入るところまで想像してしまい、一気に頭に血が上る。

「スノーちゃんやレラルちゃんも入れるように、大きなお風呂がいいですよね？」

「あ、ああっ⁉　そうだね、スノーも一緒に入れたらいいよな‼」

「はい！」

……ふう。落ち着け、落ち着くんだ。

二人だけじゃない。スノーもレラルもアディーも、リアンとイリンも一緒に住む家だ。

少しだけ顔の熱が引いたので、俺を出ようと廊下を引き返すと、土間で小さくなったスノーがリアンとイリンを背に乗せて俺たちを待っていた。

『あっ、アリト！　戻ってきた！　ここはもう終わりなの？』

その姿を見て、ふっと身体から力が抜けるのを感じる。

『ああ。次は岩山の方だよ。なあ、スノー。敵意はないけど、岩山の方にいる気配をスノーも感じるか？』

『うん、感じるよ！　スノーたちが来ても、敵意はないし動く気配もほとんどないの。だから大丈夫なの！』

やっぱりスノーも感知はしていたんだな。

このまま岩山に行って、大丈夫なのだろうか？

……まあ、でもあの岩山に倉持匠さんの遺したものがあるのは間違いないと思うし、行ってみないと、だよな。

アディーもスノーもこちらに敵意はない、と言うのだから、襲われることはないはずだ。

土間から出て戸を閉める前に、中をもう一度じっくりと見る。

岩山にいるという気配の主が、やはりこの庵を維持しているのか。

視覚を誤魔化す障壁や、この庵の状態をずっと維持しているだなんて、どれだけの存在なのだろうか。

「よし。ティンファ、岩山の方に行ってみよう。恐らくそこに、倉持匠さんの遺したものがあると思う」

「はい！　では行きましょう」

庵を出ると、すぐ隣の岩山へと向かう。見上げても、頂上は見えなかった。

まだこちらを見つめる気配は感じるが、相手がどこにいるのかはやはりわからない。

よし。とりあえず、行こう。

一つ深呼吸をすると、岩山の大きな扉に手を掛けた。

扉は庵と同じように、鍵がかかっていることもなくすんなりと開く。

「中、明るいですよ、アリトさんっ！　アディーさんが岩山に降りた時、上に穴なんか見当たらなかったですよね？」

「これは太陽じゃなくて、魔法の光かな。……まあ、どうして中が明るいのかはわからないけれど、拒まれてはいないみたいだ。入ってみよう」

扉の中は、奥へと続く通路になっていた。ランプや蝋燭などの照明器具は見当たらないのに、問題なく歩けるくらい明るい。

胸元のレラルをスノーに預け、肩にアディーをとまらせたまま通路を進んだ。そのすぐ後ろに、ティンファとスノーが続く。

『ここも風を感じないのに空気が澱んでおらんな。まあ相手に敵意はないし、気にせず行け』

『うん、ありがとう、アディー。なあ、気配の主がどんな存在か、アディーにはわかるか？』

『……強大な相手だ。理性と知性が高い。だから様子を見ているのだろう』

『まあ、理性があって敵にならないならいいや。気にしないことにするよ』

岩山の中へ入ってから、依然としてこちらを窺う気配は感じている。

アディーもスノーもいるのだから、大丈夫。今はそれよりも、倉持匠さんの遺してくれたものに集中しよう。

通路を進み、角を曲がると先に小さな部屋が見えてくる。

はやる気持ちを抑えてゆっくりと進み、部屋の中へ入ると、すぐ目の前に石碑があった。

高鳴る鼓動をそのままに、一歩一歩踏み出して石碑の前に立つと。

「ああ……。日本語だ。ここは倉持匠さんの遺した場所で間違いなかったんだ」

ミランの森で見た石碑と同じ筆跡で、日本語が刻まれていた。

その文字にそっと手を伸ばして触れる。

倉持匠さん。やっとここまで来ましたよ。

じっくりと、一文字一文字をなぞるように読むと。

〈ここまで辿り着いてくれた貴方へ〉

そう始まった文章の初めには、ミランの森にあった石碑と同じようなことが書かれていた。

さらに、この部屋には倉持匠さんが生涯を通して調べた『落ち人』のことについて、全て書いたものが遺されている、とある。そして——

〈遺したものを読むのも、読まずにこの世界で思うままに生きるのも、貴方の自由だ。ただ、俺の

未練によってここに遺した『落ち人』の調査結果を読むことで、貴方の元の世界への想いが少しでも晴れることを望む〉

——とあった。

元の世界への未練。

それへの決別と、新たな生を歩むこと。

恐らく倉持匠さんは、未練を断ち切ることができなかった。

だから同じ境遇の人には元の世界にとらわれることなく生きてほしいと考え、石碑を遺したのだろう。

彼の思いを想像し、胸がいっぱいになる。

「倉持匠さん。なぜ、貴方はそこまで……そこまでして、後にこの世界に落ちてきた俺たちに想いを寄せてくれたのですか？」

胸から溢れてこぼれた言葉に、誰かからの返事を期待したわけではない。

だが。

『そなたは、我が主だった人と同郷なのか？　この世界ではない世界の、日本という国からの『落ち人』であるのか？』

念話に似た言葉が、この空間に響き渡った。

日本……。今、確かに『日本という国』って言ったよな？

久しぶりに聞いた懐かしい言葉に、反射的に涙が滲み出そうになる。

俺と同じ日本人の『落ち人』である、倉持匠さんを知っているのか。

「は、はい、そうです。俺は日本人です。日本からこの世界に、落ちてきました」

そう思わず声に出して返事をしたところで、やっと気づいた。

今の声、頭に直接響いたよな。姿は見えないけれど、視覚を誤魔化していたとしても、この狭い空間に他に誰かいるとは考えにくい。

となると、俺の声は聞こえないか。さて。どうやったら返事が伝わるかな。

そう思っていた時。

『ほう。やはりそうか。こんな場所までわざわざ来るなど、どのような目的かと思ったがな。主からこの場所を見守っていてくれと頼まれ、その理由も聞いてはいたが、まさか本当に長年の時が経ってから訪れる人がいようとは思わなんだ』

おお、俺の返事が聞こえたってことだよな。なんで聞こえたかはわからないけど、とりあえず今はいいか。

やはり、倉持匠さんは『落ち人』のために小部屋を遺し、この声の主に託したのだ。

「倉持匠さんが遺してくれた手がかりを追って、ここまで辿り着きました。貴方が主と呼ぶ人は、倉持匠さんで間違いないですか？」

『おお、そうだ。その名前がまた聞けるとはな。ふふふ、歓迎しよう。その部屋にあるものは、主が生涯を通して調べた結果だ。ここまで来たそなたには、好きに見る資格がある。主もそれを望んでいよう』

この部屋にあるものは、生涯を通して調べた結果、か。

確かに俺は『落ち人』のことを知りたいと思って、オースト爺さんの家からあてのない旅に出た。

でも今は、スノーたちやティンファもいるし、この世界で生きていくことに納得している。

今の俺の身体についても、もう諦めと踏ん切りはほとんどついた。

……倉持匠さんの全てを、そんな俺が見てしまっていいのだろうか。

手がかりを残しながら大陸中を旅して回り、最後にこの地へと辿り着いた『落ち人』。

この地で同じ『落ち人』を捜索しながら、無駄だとわかっていても元の世界へ、愛する人たちのもとへ帰りたいという願いを捨てきれなかった人。

「……倉持匠さんは、俺がこれを読むことを本当に望んでくれるでしょうか」

俺が選ばなかった選択肢を選び、それを貫いて生涯を閉じた人。

俺は、心の奥底にまだ眠っている生まれた世界への未練を受け入れて前へ進むため、そして同じ日本から落ちてきた倉持匠さんの想いを受け止められたらと思って、ここまで来た。

けれど、今の俺に彼の想いを受け止められるのだろうか？

『無論だ。……主は元の世界への帰還を求め続けていたがな。この世界での生も受け入れてはいたのだ。だが、やはり『落ち人』としてこの世界に存在する自分の不安定さをずっと気にしておったよ。元の世界への未練を持ち続ける自分を、もどかしくも思っておった。だからその主と同じ立場であるそなたが、ここまで辿り着き遺されたものを受け止め、そしてこの世界で普通に暮らしていこうというのなら、主は喜ぶだろう』

……そうだな。想いの全てを受け止めるなんて考えが、そもそもおこがましいのだ。

想いを知り、その上で俺は自分で選択してこれからを生きていけばいい。

ここに来たのは、自分の気持ちにけじめをつけるためだったのだから。

「あなたはずっとこちらを観察していたでしょう？　俺と会話はできていますが、この部屋にいるわけではないですよね。あなたは倉持匠さんと契約をしていた魔獣なのですか？」

もしかすると声が聞こえているのではなく、俺の心を読んでいるのかもしれない。

でも、会話の内容から人と変わらない知性がある相手だということはわかる。倉持匠さんを「主」と呼んでいるから、やはり魔獣なのだろう。

『そうだ。この隠された地は、我の支配下にあるのでな。この地ならどこでも見通せるのだ』

「……では、この資料を拝見する前に、ご挨拶したいのですが、姿を見せていただけますか？」

俺のその言葉に、肩にとまったアディーが思い切り頭をつついてくる。

スノーも俺の手に顔を押し付けてきた。

『とても偉大でも、危険はない相手だからアディーだってこの場所に降りたんだろう？　だったら顔を合わせても大丈夫だよ』

『危険がないのではなく、こちらへの敵意がまったくなかっただけだ。……強大な相手だぞ。それでもか』

『そうなの！　この声の人、とっても強いの！　スノーよりも、それにお母さんよりも強いと思うよ？』

そういえばスノーたちやティンファに確認しなかったけど、この声は皆にも聞こえていたみたいだな。

『恐らく何も起こらないよ。倉持匠さんを知っている方だし、俺は顔を合わせて直接話を聞いてみたいんだ。ここでどう暮らしていたのか、気になるからな』

『……まったく。まあ、いい。お前がうかつなのは今さらだった』

『ありがとう、アディー』

そっと喉元へ手を伸ばしたが、指が届く前に嘴で咬みつかれた。こんな時くらい、触らせてくれたっていいのに……。

『ふふふ。相談は終わったか？　我と会うのはかまわない。岩山から出た時には、我の姿が見えるようにしよう』

「ありがとうございます。では、今から引き返します。少し待っていてください」

アディーとスノーとの念話も聞こえたのか。もしかすると、テリトリー内のことは全て感知できるのかもな。

アディーもスノーも慌ててはいないから、そのことはわかっていたみたいだ。

「ごめん、ティンファ。ここの資料を読む前に、引き返してこの声の主と顔を合わせて話をすることになったんだ」

声が聞こえていても、静かに見守っていてくれたティンファを振り返り、歩いてきた道を指さす。

「わかりました。私のことは気にしないで、アリトさんの心のままにしてください。そばで見守れるだけで十分です」

温かい笑顔で応えてくれたティンファに、気づけば手を差し出していた。

ティンファは一瞬驚いた顔をしたが、すぐに満面の笑みとともに手を重ねてくれる。

重ねられた手を、その温もりごとそっと握って歩き出し、ドキドキと高鳴る鼓動が手から伝わらないだろうかと思いながら、真っ赤であろう顔のままで進んだ。

ティンファの柔らかい手のお蔭で、強大な相手との対面に緊張することなく、入り口まで戻ることができた。

入り口で立ち止まり、名残惜しいがティンファの手を放すと、スノーとアディーに声を掛ける。

「出るぞ。……どんな相手でも、敵意だけは向けないようにしないとな」

『フン。そんなうかつなことをするのはお前だけだ。どんな姿を見ても、腰を抜かしてティンファに無様(ぶざま)な姿を晒したりするんじゃないぞ』

『とっても強い気配だけど、優しい感じがするの！　だから大丈夫なの！』

「……わたしはおねえちゃんにしがみついているよ」

スノーの上で震えているレラルとリアンとイリンの身体を撫で、すり寄ってきたスノーの頭をひとしきり撫でた後、先頭に立って外へと踏み出した。

『我が主と同郷の人よ。我はそなたたちを歓迎しよう』

まず目に入ったのは、白く輝く鱗（うろこ）だった。

「は？」

視界の大部分を占める鱗に思考停止しながらも、顔を上へと向ける。

斜め上、さらに真上を見る角度になっても、まだ視界は白いままだ。

『おお、そうだった。我が主と暮らしていた時と比べると、大分身体が大きくなってしまったのだったな。どれ。そこを動かないでいてくれ』

その声は、先ほど岩山の内部の小部屋で聞いたのと同じだ。

ではこの人？　この白銀の鱗の主が、声の正体なのか？

ぽかーんと口を開けたまま呆然と見上げていると、その巨体が一瞬ぶれた直後にどんどん小さくなっていった。

ある程度の大きさになったところで、顔が俺の目の前に現れる。

顔だけで、俺の全身よりも大きかった。

『これで大丈夫か？　それとももっと小さくなったほうがよいかな』

すぐ目の前にある口が開くことはなく、声だけが今までと同じように頭に響く。

「い、いや。十分小さくなっていただいたので、大丈夫です。ありがとうございます」

『よいよい。では改めて名乗るとしよう。我はリューランルージュ。白竜だ。我の名は長いので、リューラと呼ぶがよい』

……？　竜？　今、白竜って言ったか？

唖然として口を開けたまま顔を上下に動かし、白銀の鱗に覆われた顔と身体をただ見つめていた。

ああ、竜といっても、どっちかというと東洋の龍だな。

うん、立派な角が二本に、ふさふさな鬣（たてがみ）、それに髭もあるし。手足は太いししっかりとしている。

頭の隅でどこか冷静な部分が、リューラと名乗ってくれた白竜の姿を分析していた。

いやいや、待てって。

竜って、竜だよなっ!?　あの、どの物語でもボスとして君臨しているドラゴンってヤツだぞ！

しかもこの感じだとワイバーンなんか目じゃない、一番上の階級の竜なんじゃないかっ！

オースト爺さんによれば、俺が落ちた『死の森』の南にある火山には、火竜が棲んでいるという。

そのため、この世界に竜がいることも、竜の階級も教えてもらったし、爺さんの従魔のロクスがワイバーンと戦闘した現場にもいた。

だけど。

まさか現実に目の当たりにするとは思ってなかったよ!!

俺が求めているのは、冒険よりもスローライフなんだからなっ!!

『おい、いい加減に正気に戻らんか!!　位の高い相手に名乗っていただいたのだ、きちんと挨拶くらいせんかっ!?』

「イタタタ、イタイって、アディー！　ご、ごめん、すぐに挨拶するから止（や）めてくれっ！」

ぽかんと口を開けていた俺の頭を、アディーが容赦（ようしゃ）なくつついた。小さいが鋭い嘴で何度もつつかれ、その痛みでやっと止まっていた思考が動き出す。

「す、すみませんでしたっ！　あまりに貴方様が立派なので、つい呆然としてしまいました。俺はアリト……いや、日比野有仁です。二十八歳の時に、日本からこの世界に落ちてきました。ここではアリトと名乗っています。こちらへ来てからは……恐らく四年ほどです。死の森に落ちましたが、すぐにそこに住むエルフ……いや、ハイ・エルフのオースティント・エルグラード爺さんに助けられ、無事に生き延びることができました」

岩山の小部屋でも会話をしたのに、アディーに言われて名乗ってもいないことに気づいた。

何やっているんだ、俺は。どう見たって相手のほうが格上なのに、先に名乗らせるなんて……。

一気に冷や汗が出たが、大慌てでなんとか挨拶をして頭を下げることができた。

『俺はウィラールのアディーロだ。一応このうつけと契約をしておる』

『私はスノーティアでスノーって呼ばれてるの！　スノーが最初にアリトを見つけたの！　死の森

のおじいさんの家には色んな種族がいたけど、竜を見るのはワイバーン以外初めてなの！』

俺が頭を下げている間にアディーは俺の肩から降り、俺と同じ背丈ほどの大きさになっていた。

スノーは尻尾を振りつつ、目を輝かせてリューラの姿を見上げている。

スノーはいつも物怖じしないよな……。

ああ、スノーの上のレラルの震えが凄いな。このままでは気絶してしまうかもしれない。

頭を上げ、そっとレラルを抱き上げて胸の前で抱え込む。

「この子はレラルと言います。チェンダとケットシーとの間に生まれた子で、まだ子供です。そして彼女はティンファ。ここまで俺と一緒に旅をしてきてくれました」

俺が紹介すると、ティンファは一歩前に出て頭を下げた。

無言のままでいたのは、気圧(けお)されていたかららしい。震えている肩をそっと抱き寄せる。

『ふむ。何やら連れまで面白い取り合わせのようだ。このままでは落ち着くまい。やはりもっと小さくなるゆえ、ゆっくりと話を聞かせてくれ』

そう言うと、あっという間に白竜は俺と同じくらいの大きさになった。

第十話　追憶

目線が合って見えた全身は、やはり想像で描かれていた龍と同じような姿をしていた。

頭部は俺よりも小さくなったが、それでも体長は俺の身長の優に二倍はあり、手足は長く五本ある指でしっかりと身体を支えていた。

『ふむ。この身体でもやはり怖いか。そこの小さき者よ、我はそなたたちには何もしないと約束しよう。気絶しないだけの気概があるのは立派なものだ。アリト、そちらの小さき者たちも腕に抱くがいい』

そう言われて初めて、リアンとイリンがいないことに気づいた。

振り返ると、リアンとイリンは岩山の入り口から出られずに硬直している。

「うわっ、気づいてあげられなくてごめんっ！　ほら、大丈夫だから」

固まっていたリアンとイリンを一緒に抱え上げ、レラルと一緒に抱きしめる。

「アリトさん。すみません、イリンを引き取ります。ご挨拶が遅れて申し訳ありません。改めて、私はティンファと申します。こちらは私と契約してくれたイリンです」

「こっちはリアンと言います」

ティンファにイリンを引き渡し、レラルとリアンを両手に抱くと、二人ともまだかなり震えていた。俺の身体に全身をペタリとくっつけ、手に尻尾を絡めてくる。

ティンファも先ほどまでは強張って言葉が出ないようだったが、リューラがさらに小さくなって友好的だと確信を持てたからか、緊張しながらも何とか対話できていた。

『ここで立ち話もなんだな。どれ、そちらの庵で話をしよう。アリトも我に聞きたいことがあるであろう？』

「はい、ありがとうございます。では、庵で座って話させていただきます。あ、台所で火を使っていいでしょうか。温かい飲み物を飲めば、少しは落ち着くと思いますので」

『ああ。お茶を淹れるなら、我の分も頼む。お茶を飲むなど、主がいた時以来だ』

まだ顔が青ざめているティンファの手を引いて庵へと向かう。

掴んだ手は緊張からか、少し冷たかった。

お茶を飲めば、ティンファも一息つけるよな。

庵の戸を開け放ち、スノーとアディーには再度小さくなってもらって、浄化を掛けてから土間に入る。

お湯を沸かしてお茶を淹れたところで、土間で尾をぐるっと巻いていたリューラと向かい合った。

『ふむ。ハーブの香りがするな。どれ。おお、ぬるめにしてくれたのだな。美味いぞ』

一番大きな鍋で煮出してそのまま出したハーブティーを、美味しそうに飲んでくれる姿に安堵して、自分も口をつける。

お腹に温かいお茶が入ると、じんわりと身体に熱が広がってほっと吐息が漏れた。

今淹れたのは、ティンファが作ってくれたスッキリした味わいのハーブティーだ。

一気に飲み干す勢いで鍋から美味しそうに飲むリューラの姿に、隣に座るティンファと顔を見合わせて笑う。

よかった。ティンファの顔色も戻ったし、震えももう収まったな。

『さて。話をする前に、そなたたちの取り合わせが気になってな。そこのティンファと言ったか。そなたには様々な血が入っておるようだ。姿からは、風の精霊族の血を濃く感じるが、その血が入ってからかなりの年月が経っておるな。我はこの地から離れることがあまりないが、人の進歩は目覚ましい。実に興味深いものだ』

思わぬ言葉に驚いてティンファの方を見ると、彼女も目を見開いていた。

やはりティンファは精霊族の先祖返りだったのだ。それも風の精霊族——ということは、精霊族は属性で種族が分かれているのだろう。

「あ、ありがとうございます！ 私の家系はおっしゃる通り、多くの種族の血で紡がれてきました。その血を誇りに思っていますが、私の姿のルーツはよくわからなかったのです。それを今知ることができて、とてもうれしいです。よろしかったら、あとで風の精霊族についても教えてください」

『おお、確かに今は他の種族と精霊族の交流はなかったな。わかった。こちらの話が終われば、我が知っていることを語ろう』

「ありがとうございます！」

満面の笑みのティンファを見ると、俺もうれしくなる。

じゃあ、早く俺のほうを終わらせないとな。

「それでは倉持匠さんの話をお願いしたいのですが、その前に確認してもよろしいですか？リューラさんは、倉持匠さんと契約を結んでいたということですが、一緒に世界を回っていたのでしょうか？」

もし倉持匠さんが空を飛べる従魔と契約を結んでいたのなら、他に足跡が遺っていてもおかしくないはずだ。でも、俺は王都の図書館とミランの森でしか見ていない。

『……我が主に会ったのは、この地だった。それも我がまだ生まれたばかりの頃だ。白竜は風に乗って世界を巡る習性があるが、我は独り立ちする前に親とはぐれてしまってな。竜は寿命が長い分、成長も遅い。主が亡くなるまでに、さして成長することもなかった。だから主を乗せることは叶わなかったのだ』

「……すみませんでした。そんな事情とは思いもよらず」

一度も背に乗せることはできなかったと寂しそうに語る声に、つらいことを思い出させてしまったと申し訳ない気持ちが募る。

スノーは俺を乗せることを喜ぶ。それを思えば、これだけ立派な白竜という種族なのだ、背に乗せて空を飛びたいと、願っていたに違いないのに……。

『気にするな。では、我から主のことを語ろうか』

語られたのは、この地に辿り着いた後の倉持匠さんのことだった。

彼がこの地に着いたのは、『落ち人』のことを求め、世界中をかなりの年月を費やして回った後だったらしい。晩年はリューラとここで過ごしたのだ。

そして、自分が生まれた世界――地球のことや日本での生活のことをリューラに語った。

その内容を聞いて、倉持匠さんはやはり自分と世代的にそれほど違いはないようだと確信する。

俺がリューラにそう告げると、目を伏せて少し考え込んでいた。

『ふむ。ではやはり世界の壁を越える時に時空がねじ曲がる、ということか。主も手がかりを追って旅をしている時に、向こうの世界から伝わっている技術と、この世界に伝えられた年代の計算が合わないので、そうではないかと見当をつけていたが、これで確信が持てたな』

倉持匠さんは、この地にいつか『落ち人』が来ることを期待して、リューラにかなり詳細に日本のことを語って聞かせていたそうだ。

その中には俺が子供の頃に流行ったドラマの話まであった。

『そういう名前の、「どらま」というものを皆好んで見ていたそうだ。それは「てれび」というもので見ると言っていたが、動きの記録を映す箱とはどういうものなのだろうか？　主を亡くしてからもずっと考えていたが、今でも想像がつかない』

首を傾げている様子が、厳めしい竜の姿に似合わず可愛らしくて、笑いが漏れそうになるのを堪えるのは大変だった。

穏やかに楽しそうに話すリューラの姿を見て、ずっと震えていたレラルとリアンにイリンも、大分落ち着いてきたようだ。

のんびりとおかわりのお茶を飲むリューラに、アディーも完全に警戒を解いたらしい。

ティンファは俺の後ろで、異世界の話にキラキラと目を輝かせていた。

「そうですね。俺の世界には異世界へ行く物語がたくさんあったのですが、今の俺の状況と似たような設定で書かれた話もたくさんありました。面白いですよね」

『本当に、異世界の暮らしぶりとは想像もできぬほど奇天烈だな。首を捻って聞いている我を、いつも主は笑っていたものだ』

オースト爺さんは俺の話をキラキラした眼差しで聞いていて、何か新しいアイデアを得るたびに喜び、魔法や魔道具で日本にあるのと似たものが作れないかと研究していた。

今では、ハイ・エルフとして想像もできないほどの永い年月、常に努力し続ける爺さんの姿勢を知って、面と向かっては照れくさくて言えないが、とても尊敬している。

だからこそ、この旅が終わったらティンファと一緒に爺さんのもとへ帰りたいと思ったのだ。

「……やはり、倉持匠さんはこの地で、ずっと元の世界に戻る手段を求め続けていたのですか？」

リューラに日本のことを楽しそうに語る姿を想像すると、その瞳には手が届かない世界への望郷の念が籠っていたことと思う。

『いや。帰りたいと口にしていたが、自分でも帰れるとは思っていなかっただろうな。それでもなお、ここに留まり続けたのは、同じ境遇の「落ち人」を助けるためだったに違いない。この世界に不完全な身体で落ちてきて、すぐに魔物に襲われて死ぬ。それはあまりにも不幸だ。なぜ、この世界に人が落ちてくるのか。その謎の答えを得ることは、長命な我にも叶わないだろうがな』

助けるため、か。倉持匠さんはこの辺境の地で、落ちてくる人を探しながら生活していたのだな。

自分のように、命があるほうが珍しい境遇の人を救うために。

そのことは、この地へ旅をしている間にも想像はついていた。

辺境の地は、『落ち人』が落ちてくる場所であっても、世界の謎の答えまでは落ちていない。

それは俺自身も、旅立つ前から知っていることだった。

永い時を様々な研究に費やしたオースト爺さんでも、『落ち人』のことは何もわからないままだと言っていたのだから。

「……そうですね。倉持匠さんが落ちてきたのは、俺と同じ『死の森』だと書いてありました。長い間あの地で暮らしているハイ・エルフのオースト爺さんでも、俺の他に落ち人を見つけたことはないそうです。でも、倉持匠さんはずっとこの地で落ち人を待ち、見守り続けたのですね」

それが無駄なことだとは思わない。

ただ、そこまでし続けた倉持匠さんは、どういう気持ちだったのだろうか。

『「死の森」か……大陸中央部にあるあの地こそ、本当の魔境だ。ここ、大陸の北の果てや東と西の果ては、なるべくしてなった地だからな。「落ち人」も、ここや東西の辺境地のほうが「死の森」よりも多いようだ』

その言葉に驚愕しすぎて、何から聞いていいのかわからずに、口をパクパクとさせるしかなかった。

この大陸の地図を見た時の違和感。そしてオースト爺さんたちが永年探し続けている答えの一部が、今の言葉にはあったのだから。

なぜ魔力の偏りが生じるのか。

なぜ魔力濃度の極端に高い、辺境地ができるのか。

そして、霊山やこの地、訪れたことのない大陸の西の果ての地には、伝わっていないが多くの人が異世界から落ちてきているという事実。

「あ……あ、あの。それはもしかして、倉持匠さんはこの地で『落ち人』を見つけて保護したことがある、ということですか？」

やっと出た言葉は、そんな質問だった。

他にも落ち人の情報があるかもしれない。

それがわかり、もう気にしないと決めていたことが心の奥からまた湧き上がってきた。

『落ち人』の寿命の目安が、倉持匠さんが遺したものの中にあるのか、と。

押さえ込んでいたものが溢れてきそうになり、鼓動が速くなる。

神経が過敏になって、自分の呼吸音すらとても大きく聞こえた。

『保護、か。……まあ、保護、だな。確かにあれは』

「っ⁉」

やっぱり！　倉持匠さんは、この地で自分以外の『落ち人』に出会ったことがあるのかっ‼

彼は、ここに住みながら周辺を巡回して落ち人を探していたのかもしれない。

……魔物や魔獣に殺されたり、喰われたりした遺体を見ることになる可能性のほうが、生きて出会える可能性よりも遥かに高いだろう。それなのに。

「凄いですね。俺は……俺は申し訳ないくらいに運がよかったのです。落ちてきた時には何の欠損もなく、すぐにスノーが見つけてくれて保護されました。だから『落ち人』の実態は、倉持匠さんが残してくれたものを読んで初めて知ったのです。俺には、辺境地で落ち人を待ち続けて探す覚悟なんて持てません」

世界を越えて酷い状態になってしまった人に、真正面から「俺も同じ境遇です」などと言えるだろうか。

どうしてお前は無事なのかと問われて、堂々と「運が良かっただけです」とは言えない。自分のせいではなくても、五体満足であることにどこか後ろめたさを感じてしまう。

『我も主を知っているから、落ち人になったことを「運命」や「運が悪かった」の一言で済ませたくはない。だが、世界を越えてしまうのは、誰にもどうすることもできないのだ。落ち人にしてやれるのは、この世界に来た時に見つけて保護することだけだ』

……俺も爺さんのもとに戻ったら、『死の森』を見回るべきなのだろうか。

たとえ森の全部を、常に見張ることなど不可能でも。

『気にしないほうがいい。全ての落ち人をすぐに見つけて保護するのは、絶大な力を持った今の我でも不可能だ。主が一人保護できたのは、やはり運が良かったということなのだろう』

倉持匠さんが見つけ、保護した落ち人はどんな状態だったのか。

他にも落ち人の情報があると知って、つい自分の寿命のことばかり考えてしまった……。

そんな自分を嫌悪したが、スノーに優しくすり寄られて気を取り直す。

「その、保護した落ち人はどんな方だったのですか？」

『……あれは、我が主と契約して少し経った頃だったか。周囲を見回っていた時に、偶然血まみれで倒れている女性を発見したのだ』

……やはり無事ではなかったんだな。世界を越えて身体を変換された時、上手くいかずに出血したのだろうか。

『主が慌てて声を掛けて抱え上げると、すぐに気を失った。応急処置だけその場で施し、庵へと連れ帰ったのだ。周囲に魔物や魔獣の気配はなかったから、主は落ちてきたばかりだろうと言っておったよ。主が身体を調べたところ、腕の骨折と、腹部の傷から血が出ていたようだ。内臓の変換時に支障があったのだろう、と言っておったな』

内臓……。本当に、どうして俺たちはそこまでのリスクを負って、世界を越えなければいけなかったのか。

それこそ「運命」の一言では片付けられない。運が悪いにしても、どれだけ悪ければ世界を越えるなんて目に遭うというのだ。

『主の治療のお蔭で、身動きするのに支障がない程度には回復したよ。女性を発見する直前、その場所の魔力濃度が上がっていたから、それ以降はあてもなく見回りをすることはなくなり、我と主でここら一帯の魔力濃度を監視するようになった。ただ、魔力濃度の上昇を感知して駆けつけても、これ以降は無残な姿を発見することしかできなかったが』

爺さんも俺が落ちてきた時に、その場所だけ魔力濃度が高かったと言っていたから、もしかしたら今は爺さんも『死の森』で魔力濃度を監視しているのかもしれない。

無残な姿を目の当たりにしても、ここで落ち人を探し続けた倉持匠さん。

……俺ももっと修業して、不自然な魔力濃度の上昇を感知できるようになろう。

爺さんの家に帰ったら、またしばらく特訓だ。これからの生活の目標ができたな。

もう『落ち人』にとらわれて、それを中心に暮らすことはしないが、自分にできることならやりたい。

無残な姿を発見したら心が折れてしまうかもしれないけれど、助けられる命は助けたい。

「それにしても、どうして魔力濃度の高い地に人が落ちてくるのでしょうね。ここのような魔力濃度の高い地が全てなくなれば、『落ち人』もいなくなるのでしょうか」

爺さんが研究している、魔力濃度の調整。

その研究の果てには、『落ち人』のいない世界ができ上がるのだろうか。

『……ふむ。主もこの地で、なぜこの土地が魔境と呼ばれ、極端に魔力濃度が高くなるのか調べようとしていたな。あの頃は我も幼くて自由に飛び回ることができず、主のそばを離れずにいたため、何も答えることはできなかったのだが』

え？　今、「答えることはできなかった」って言ったよな。

さっきは他の落ち人のほうが気になって聞かなかったけれど、「大陸の北の果てや東と西の果ては、なるべくしてなった地」って言ったのは、やはり辺境地となる理由を知っているってことか！

「も、もしかして、この地や東の霊山、西の辺境地がなぜ生まれたのか、その理由を知っているのですかっ⁉」

この世界の謎、真理の一端となるその答えを。

『……そうだな。そなたたちはそこのウィラール……アディーロと言ったか。そのアディーロに乗ってこの地へ来たのだったな。ウィラールの中でもかなり強いと見えるアディーロなら、辿り着けるだろう。そなたたちが帰る前に、その答えの一端を見られる場所へ案内しよう』

「っ⁉」

えっ、今、案内するって!?

爺さんが追い求めている答えの一端がわかるのか？

それとも爺さんもその場所を知っているのだろうか？

『……わかった。その時はアリトたちを乗せて飛んでやろう』

「あ、ありがとう、アディー！」

あまりに衝撃的な言葉に呆然としていたが、アディーの答えを聞いてハッとした。

アディーは霊山生まれだ。ということは、東にあるその答えの一端をすでに知っているのかもしれない。

……俺は自分で見て、感じたままを受け入れよう。

ただ、その場所に行く前に、この地でできること――倉持匠さんの遺してくれたものを受け止めなければな。

「……倉持匠さんのお話をもっと聞きたいです。明日は岩山の小部屋に遺されているものを読ませていただこうと思うのですが、今日はこの庵に泊まっても大丈夫ですか？」

自分の目で読んで感じて、向き合うことが俺の新しい第一歩にもなる。

だから、時間をかけてじっくりと読みたい。

『ああ、かまわない。この庵は主が亡くなった後に、状態保存の魔法をかけてあるのだ。使った後は片付けてくれれば、何日でも好きに過ごしてくれていい』

「ありがとうございます。布団などは手持ちのものがあるので、台所とお風呂をお借りしますね。とりあえず昼食の準備をしますが、よかったら一緒に食べませんか？　食材はたくさんありますので」

朝からアディーに乗ってここに辿り着いたが、気がつけばもう昼は過ぎていた。

色々あって高揚したから、かなりお腹が減っているみたいだ。興奮が収まると、空腹感が押し寄せてきた。

『ふむ。ではいただこうか。主の世界の料理は久しぶりだ。量は作れるだけでかまわない。我は空気中の魔素を取り込むだけで身体を維持できるので、本来食事を必要とはしていないのだ。だが食べることはできるから、よろしく頼む』

「では、少々お待ちください。ティンファ、作るのを手伝ってくれ」

「はい！」

土間のリューラの身体をよけて端の竈へと向かい、二人並んで立つ。

カバンから調理道具と材料を次々取り出して並べ、ティンファには野菜を切ってもらった。

『ほほう。そのカバンは面白いな。魔力濃度で容量を増やしているのか』

「そうです。皆に協力してもらって作りました。見た目の何倍も入るので、重宝しています」

竜は肉食だよなと思い、道中で狩った魔物の肉を次々と取り出し、厚く切り分けて下味をつける。

そして野菜を入れたスープを作り、ステーキをどんどん焼いていった。

残り少なくなった小麦でパンもどきを焼き、スノーとアディー用に肉を用意して炙る。

「できました。急いで作ったので簡単な料理ですが、足りなければ言ってください。すぐに焼きますので」

スープとステーキ、それとパンもどきをそれぞれの前に並べる。

『では、いただこう』

リューラには、スープは鍋で、ステーキは十枚分を切って大皿に盛って出した。

ステーキを器用にひと切れ食べたリューラが目を見開く。

『これは、シオガを使っているな。やはりシオガは日本食にはかかせないのだな』

シオガとは、醤油のことだ。ステーキのソースは色々あるが、今回はシオガを使ってみた。

「倉持匠さんもシオガを使っていたのですね。この調味料を見つけた時は、俺も飛び上がるほど喜びましたよ。味噌は見当たらないので、自分で作れるか試してみようと思っているのですが、倉持匠さんは使っていましたか？」

和食を再現するなら、やはり味噌は欲しい。

『ふふふ。シオガは南を旅した時に見つけて、小さな樽しか持ち歩けなかったと言っておったよ。ここでも大事に使っていたが、途中でなくなってな。それはそれは、とても残念そうだったわ。街まで買いに行けばいい、と言ったのだが、迷っていたようだ。その後しばらくして一度だけ街まで出掛けていったものの、どんなに探しても小さな樽一つしか手に入らなかったと悔しがっておったよ。味噌があったら、とは主の口ぐせで、やはり見つけられなかったと言っていたな』

この大陸中を旅しても、味噌は見つけられなかったのか。

シオガを買いに行ったのはたった一度だけど、街で必死に探しても樽一つか。

うん、やっぱりシオガはキーリエフさんに頼んで普及させよう。どこでも買えるようになったらうれしいよな。

「夕食には、ご飯を炊きますね。その時はシオガを使った料理をもっと出しますよ」

『それは楽しみだな。米はラースラだったか。主も群生地を見つけて、実る頃には採りに行っていたな』

ラースラの群生地は見つけたのか。だったら、ここでの主食は米だったのかもしれないな。

米を炊いて味噌汁が飲みたいと思いつつ、塩味のスープを飲んで焼肉を食べる。きっとそういう風に暮らしていたのだろうと思い、少しずつ同郷の者としての親近感が湧いてきた。

そうだ。『落ち人』とか、寿命とか、そういうのはどうでもよかったんだ。

ここで同じ世界の記憶を持ち、暮らしていた人がいた。

もし生きて出会えたら、日本のことを懐かしく語り明かせたのだろうに。

ああ。俺は倉持匠さんに会いたかったのかもしれない。この世界での生活に慣れたと思っていたけれど、少しだけホームシックになっていたのだ。

それを爺さんは見抜いて、旅に叩き出してくれたんだな。

第十一話　同郷の人

昼食の後はリューラと話をし、夕方になると米を炊いて生姜焼きと肉じゃがを作って夕食にした。

リューラは大層喜んでくれた。

その後は久しぶりに風呂に入り、そのまま庵の畳の上に布団を敷いて眠った。

今朝もいつものように日の出とともに目が覚めたので、隣で寝ているティンファを起こさないように布団から出て土間へと向かう。

『おはよう、スノー、アディー。リューラは外か。挨拶して来るよ』

土間で寝ていたスノーとアディーに挨拶をし、引き戸をそっと開けて外に出る。

『早いな。まだ夜が明けたばかりだ』

外に出るとすぐに、朝日に照らされて輝く白銀の鱗が目に入った。

昨夜と同じ大きさのリューラが横たわり、こちらへ背を向けて昇る朝日を見つめている。鱗に朝日が反射して煌めく光が、眩しいのに優しく感じられ、目を細めて見入っていた。

朝起きたら竜と挨拶をするなんて、本当にファンタジーだよな。でもそれに慣れている自分が、ちょっとだけ誇らしい。

「なんか習慣で起きてしまうんです。おはようございます、リューラさん。今から朝食の支度をしますね。食べたら……あの岩室へ案内をお願いできますか？」

『わかった。まあ、一日で全て読もうとすることはあるまい。気が済むまで、主が記した書と向き合うといい』

「はい」

確かに一日で全て目を通せるわけではないよな。

求めていたものに対面する、そう思って、つい必要以上に力が入ってしまっているようだ。

よし。今朝は、米を炊いて魚の干物を焼こう。あとは野菜のすまし汁だな。

もう一度、朝日に輝くリューラの姿を目に焼きつけ、そっと土間に戻って静かに朝食を作り始めた。

その後、慌てて起きてきたティンファと一緒に調理をし、皆で賑やかに話しながら食べた。

そして片付けを終えた後、庵から出て岩山の扉の前に立つ。

リューラは中へは入らず、外から声を届けてくれるようだ。

皆で扉をくぐって昨日辿った道を進み、小部屋へと到着した。

『確か、研究をまとめたものは一番奥の棚にあるはずだ。他は集めた資料や、主が書き溜めたものだな。好きに見るといい』

「はい。では、読ませていただきます」

岩室を改めて見渡すと、右手と奥の壁沿いに本棚が並べてあり、左手の壁には一面に文字が彫られている。そして昨日読んだ石碑の後ろには、テーブルと椅子が置かれていた。

『書物がダメになった時のために、大事なことだけは壁に彫っておったよ。今は我が全てに保存の魔法をかけているから、これ以上劣化が進むことはない。だから安心して読んでくれ』

「ありがとうございます」

ここにある書物が経年劣化で読めなくなることがないと知って、心から安心した。

これから先も、倉持匠さんの手がかりを追って、誰かがここに来るかもしれないからな。

部屋を歩きながら本棚を見回し、一番奥の棚の前で足を止めた。

集められた資料も気になるし、何が綴ってあるのかも知りたいが、やはり最初に見るべきはここに来た目的――『落ち人』について書かれているものであるべきだろう。

これまでの旅を思い返す。

たくさんの出会いがあって、俺は今ここにいるのだ。

棚の前に立ち、背に注がれる皆の視線を感じつつ、並べられている書物を見渡す。

羊皮紙を束ねたものではなく、きちんと本になっているのは、この地で倉持匠さんが製本したからだろう。

丁寧に背表紙までついていたので、背表紙の文字を辿り、中ほどにあった『「落ち人」に関する考察』と書かれたタイトルの本に手を伸ばす。

他にも辺境地の考察や、魔力についての研究、そして魔法についての考察など、気になるタイトルばかりが並んでいた。

保存状態のよい机の上に取り出した本を載せ、椅子に座る。

回り道はもういい。結論から受け止めよう。

緊張に唾を呑み込んでから一つ大きく息を吐き、意を決する。

そして、本に手を伸ばして表紙を捲った。


「アリトさん、そろそろ何か食べないと。せめて水分だけでもとりませんか？」

「ん……？　ティンファ？」

身体を揺すられる感覚とティンファの声に顔を上げると、こちらを覗く彼女と目が合った。

すぐそばにあったティンファの顔にドキッとしたが、瞳に浮かんだ憂い（うれ）を見て、やっと自分が読むのに集中しすぎていたことに気づいた。

そういえば、本を読み始めてから何も口にしていないな。

あれ。意識したら喉がカラカラだし、お腹も減った。

もしかしたら、もう夕方辺りになっているのかもしれない。

「ありがとう、ティンファ。ごめんな、こんなに時間が経っていたなんて気づかなかったよ。ティンファはちゃんと昼食を食べた？」

差し出されたコップの水を一気に飲み干すと一息ついた。

「私は少しだけ食べましたよ。何度か声を掛けたのですが、その時はアリトさんがまったく反応しなかったので。もう一杯入れますね」

水を注がれたコップをティンファから受け取り、また傾ける。

「ふう。少しマシになったよ、ありがとう。じゃあ、今日はもう終わりにするよ。俺に戻って食事の準備をしよう。今日はハンバーグでも作ろうかな」

『ふむ。ハンバーグとは懐かしいな。主も作って食べさせてくれたぞ』

幾分かうれしそうなリューラの声が響く。

「そうなんだ。じゃあ、張り切って美味しいハンバーグを作りますね」

心配そうなティンファに微笑み、手元の本に一度だけ視線を落とす。

明日、また続きを読もうと思い、立ち上がって本棚へと戻した。

『俺に持っていって読んでもかまわんぞ。戻してくれたらいい』

「……いいえ。もう今日は大丈夫です。夕食を食べたらお風呂にゆっくり入って寝て、また明日読ませていただきます」

『そうか』

まだ表情が晴れないティンファを連れ、大人しく待っていてくれたスノーたちを撫でると、皆で小部屋を出て道を引き返した。

……上手く笑えてなかったかな。これ以上、皆に心配かけないようにしないと。

読んだ内容を頭から一度振り払い、皆に話しかけながら歩いて庵へ戻る。

土間に入ると、すぐにハンバーグの支度にかかった。

ティンファに手伝ってもらって作ったハンバーグは、固めに焼いたパンを砕いて作ったパン粉を入れたからか、乳と卵がなくても柔らかくて美味しく焼けた。

リューラも気に入って、何度もおかわりをしてくれたよ。

その後はお風呂の支度をし、ティンファと交代で入るとすぐに布団にもぐる。

レラルはいつものようにティンファの布団の中だ。

『今日はアリトの隣で寝るの。いい？』

「ああ、いいよ。だけど小さいままでな」

スノーが俺の布団の中へ入り、ピタリとくっついた。

その温もりに、心の奥から想いが溢れてきそうになる。

それを誤魔化すように「おやすみ」と言って、灯りを消して目を閉じた。


本に書かれていたのは、倉持匠さんの生涯、そして発見した落ち人のケイト・ステイゴールドさんの生涯だった。

倉持匠さんは、ケイトさんが語った自国の歴史や主な出来事から考えると、恐らく同じ地球のアメリカ出身だろうと考察していた。異世界があるなら地球のパラレルワールドの存在も否定できないので断定はできない、ともあったが。

英語は倉持匠さんも話せたそうだが、やはり世界を越えた時の変換でケイトさんもこの世界の言葉を話せたので、普通に会話をしたそうだ。

ケイトさんの同意を得た上で、彼女の生い立ちや落ちた経緯なども詳細に記されていた。

それに、発見した時の様子や、怪我の治療の過程などもしっかりと書かれている。

ケイトさんは、左腕の複雑骨折、そして内臓損傷という状態だった。

内臓については、胃や腸が一部肥大していたり、臓器の配置がおかしくなっていたりなど、複数の異常があったそうだ。

倉持匠さんも医療の専門知識はなく、この世界に来てから得た知識のみで治療を施した。

腕を固定して骨を繋げることを意識しながら魔法を使い、内臓のほうは傷口を合わせてから細部に何度も魔法をかけ、人体模型を思い出しながら臓器の位置を治すイメージで定期的に複数回、魔法による治療を続けた。

それでもやはり、臓器の異常を完治させることは叶わなかったそうだ。

この世界には、即座に治すような治療魔法はない。だから浄化で殺菌して感染を防ぎ、傷口を塞いで回復力を促進することまでしか俺もできない。

それでも倉持匠さんは浄化に影響する光属性に適性があり、わずかでも知識があったからこそ、治療を施すことができた。

ケイトさんはかろうじて一命を取り留め、その後も安静にしつつ生きることができたそうだ。けれど、なんとか魔法で誤魔化しても、やはり内臓の異常は続いていた。ケイトさんはこの庵で十年ほど過ごし、風邪から肺炎を起こして看病の甲斐なく亡くなったそうだ。

最後に、外見の変化は十年間の間ほぼなかったとあった。

ケイトさんは元々赤毛に淡いグレーの瞳、長身の三十歳の女性だったが、この世界へ落ちてきたことで、ブルーグレイの髪に濃い茶色の瞳、二十歳程度の外見に変化したらしい。

水魔法が得意で、お風呂等は自分で支度をしていたそうだ。

倉持匠さんにはリューラの他に、ラダーという名の大型の馬のような種族の従魔がいて、この庵で十年間、この世界の住人と交流することなく四人で暮らした、とあった。

集落へ行く時は、きっとその従魔に乗っていたんだな。

十年間の暮らしぶりも、『落ち人』への考察とともに綴られていた。

ケイトさんが亡くなった後もそれは書かれていて、倉持匠さんが亡くなる前まで続いていた。

倉持匠さんの外見に変化が出てきたのが、この地に向けて旅をしている頃。

そしてここで暮らしたのが五十年間。恐らく亡くなったのは、この世界へ落ちてきて約八十年経った頃だと思う。

ケイトさんの話を聞いた倉持匠さんは、『アーレンティアに落ちてくる時に聞こえたあの無機質な声が、世界を越えるシステムの発した言葉なのだとしたら、世界の移動の謎を解くにはそのシステムを解明しなければならないだろう』と残していた。

これは俺も考えたことだ。でもやはり、それ以上のことは何も掴めなかったらしい。

本にはその他、倉持匠さんの全てが書いてあった。

日本に戻るための手がかりを求めて世界を旅し、辺境を回って同じ落ち人のことを調べても、何の収穫もなかった。ケイトさんと話しても、やはり糸口は見つからない。

ケイトさんを発見して以降は、ここで土地の魔力濃度のことを研究していたようだ。

月日が経つにつれ、元の世界の時間はどうなっているか、本当に戻ることが可能なのか、やはり無理だろうという諦めや望郷の念など、様々な思いが募っていく。

倉持匠さんの苦悩が、そこかしこから伝わってきた。

それでもこの地で、彼はずっと生きていたのだ。

「眠れませんか、アリトさん」

「……ごめん、起こしてしまったかな」

「いいえ。……アリトさん。何を知ったとしても、一人で背負わないでくださいね。アリトさんには、スノーちゃんやレラルちゃん、それにアディーさんにリアンもいますし、もちろん私もいます。私と一緒に生きてくれるって、アリトさんは言ってくれました。だから私たちにも、アリトさんの想いを分けてください」

ああ、そうだ。

倉持匠さんやケイトさんのことを全て一人で背負おうなんて、おこがましい。

いや、俺がもやもやと抱えているものはそれだけじゃない。

心の奥底で、倉持匠さんの亡くなった年齢が向こうの年齢と合わせて百歳ちょっとと知って安堵し、でも自分も同じとは限らないと不安になっている。

そんな自分本位なことばかり考えてしまっているのも、実に嫌だった。

けれど、恐らくティンファたちはそんな俺を全て受け入れてくれるのだろうな。

「わかった。あの部屋で読むべきものを読み終わったら、ティンファにも聞いて欲しい」

「はい。……つらかったら、いつでも言ってくださいね。私はずっとそばにいますから」

「ああ。ありがとう、ティンファ。本当に、ティンファや皆がいてくれてよかった」

まだまだあの部屋には、俺が求めたものがある。一日目でこんなにへたっていてはいけないよな。

それに、寿命のことを考えるのも、もう止めようと決めたじゃないか。

「お蔭で眠れそうだよ。おやすみ、ティンファ」

「はい。おやすみなさい、アリトさん」

目を閉じるとさっきまでは読んだ本の内容がちらついていたけれど、今度はスノーの温もりとともに暗闇に包まれ、眠りへと誘われたのだった。

第十二話　白竜

起きて朝食をとると皆で岩山の小部屋へと向かい、庵で風呂に入っては寝る。

そんな日々は、結局十日間も続いた。

初日と変わったのは、弁当を作って持っていくようになったことだ。初日以降は、ティンファに昼食だと声を掛けられると、本を読むのを止めてきちんと食べていた。

「よし。今日で終わりにするよ。ずっと待たせちゃったね、ティンファ」

奥の棚から気になった本を片っ端から手に取り、読み終わると別の棚にある資料に次々と目を通した。

今日の午後で、気になったものはほとんど読み終わるだろう。

「え、もういいのですか？　私のことは気にせず、存分に読んでください」

お弁当の焼肉入りおにぎりを食べながら、ティンファが温めてくれたお茶を飲む。

「いいや、もう気が済んだよ。それにさ。アディーに頼めば、またここに来られることにも気がついたんだ。リューラさん、また来てもいいですよね？」

『ああ。いつでも来るといい。我はほとんどここにいるからな』

この十日間で、すっかりリューラとも打ち解けている。

ティンファも初日以降は、リューラに許可を貰って研究資料を読むようになった。地球の植物との差を研究した資料など、興味深かったようだ。

「ありがとうございます。アディー、また連れてきてくれるか？」

『ふん。気が向いたらな』

「あはは。うん。気が向いた時、お願いな」

棚の上にとまっているアディーがそっぽを向くのを見ていると、足にもふっとした感触が。

『スノーも！　スノーが本気で走ったら、この森だってすぐなの！』

「ありがとう。じゃあ、スノーにもお願いするな」

『うん！』

キラキラした目で膝に顔を乗せて見上げるスノーが可愛くて、ついおにぎりを置いてがしがしと撫でた。

『もっと！　もっと撫でてなの！』

膝に前脚を乗せて立ち上がり、顔を舐めてきたスノーに抱きついて全身で撫でまわす。

スノーたちは毎日ずっとこの小部屋で大人しく待っていてくれたから、帰りは思いっきり走ってもらおう。

「ふふふ。やっぱりアリトさんは、そうやってスノーちゃんたちとじゃれている時が、一番楽しそうですね」

「スノーもみんなも素晴らしいもふもふだからね！　いつかアディーのふわふわな羽毛も撫でるのが、俺の目標なんだ！」

大きくなって乗せてもらった時は羽毛を存分に堪能できたけれど、小さい時でもいつでも撫でさせてもらえるようにならないとな！

『ふむ。本当に仲がいいのだな。そういえば主も、ラダーをもふもふと言いながら撫でまわしていた。……さて。今日で一区切りということは、明日旅立つのか？』

「そうですね。あ、最初にリューラさんが言っていたことなのですが」

リューラは、俺たちが帰る前に、辺境地が生まれた理由の一端がわかる場所に案内してくれると言っていた。そのことが、ずっと気になっていたのだ。

『ああ。では明日は早朝に出立しよう。そうすれば、夕方には陸地に戻ってこられるだろうからな』

陸地ってことは、海に向かって飛ぶということかな。

「アディー、それでいいかな？」

『まあいいだろう。飛ばすから、しっかりと防壁の風を張るのだな』

「あ、ああ。頑張るよ」

……飛ばすって、オースト爺さんのロクスのように暴走するのか？

……いや、アディーだからな。うん。理性的なアディーなら、スピードを出してもアクロバットな飛び方はしないよな。

そう思いつつも、修業だと言ってアディーがわざと防御を手薄にする可能性もあるので、しっかりと心構えだけはしておこうと決意する。

「では、明日は空の旅なのですね！　少し怖いですが、とっても楽しみです。アディーさん、よろしくお願いします！」

……ティンファは本当に度胸があるよな。ほぼ一日中飛ぶことになるのに、楽しみなのか。

『我もこの十日はとても楽しかったぞ。そうだな……。よし、我からも餞別(せんべつ)を用意しよう。明日を楽しみにしておれ』

「えっ！　あ、ありがとうございます。俺たちも、リューラさんとこうやって話せて、倉持匠さんのことも聞けて楽しかったです。今夜は、たくさんごちそうを作りますね」

『それはいい。期待しておこう』

昼食を食べ終え、一休みしてからまた本棚へと進む。

最後に読むのは、最初に手に取ったあの本だ。

ここにはまたいつでも来られる。それでも、できるだけ覚えておきたい。

本を机に置き、夕方までの時間、しっかりと読むことに費やした。

庵へと戻った後は、リューラに言った通り、ごちそうの準備だ。

明日のうちに街まで戻るのは無理でも、明後日にはアディーなら恐らくエリダナへ戻れるだろう。

だから今晩は、カバンに残る食材を出し惜しみせずに使う予定だ。

ティンファにも材料を切るのを頼み、次々に料理を作っていく。当然ご飯も炊いた。

その間リューラは『ちょっと外へ出てくる』と言って飛んでいってしまった。暗くなる頃に戻ると言っていたから、夕食には間に合うだろう。

「ねえアリト！　今日はごちそうなら、レラル、お魚食べたいな！　いい？」

「もちろんだよ！　じゃあ、残っている干物を焼こうな！」

湖で作った魚の干物も、そろそろ食べきらないと味が変わるだろうから、いい機会なので全て焼いてしまう。

どんなに量を作っても、リューラがいれば残ることはないだろう。

『戻ったぞ。間に合ったか？』

「ちょうどできたところです！　じゃあ、今日は外で食べようか！」

全部の料理が完成した頃、リューラが戻ってきた。

たくさんの種類の料理を作ったので、焚き火の周りに毛皮を敷いて料理を並べていく。

リューラの前には、俺たちの分をお皿に取り分けた残りを全て置いた。

『おお、これは豪勢だな！　我もこんなに料理が並んでいるのを見たのは初めてだ！』

次々と並べられる料理を見て、リューラもとてもうれしそうだ。

「じゃあ、食べようか。旅の終わりと、リューラさんとの出会いに！」

果物を搾った果汁を注いだコップを持ち上げ、「乾杯！」と言って一気に飲む。

「これ、甘くて美味しいね！　お魚もいっぱいあるしうれしいよ！」

レラルも楽しげに果汁を飲み、そしてすぐに干物の皿を手に取って食べだした。

スノーとアディー、そしてリアンとイリンにも、それぞれ好みの肉を焼いて出してある。

「アリトさん！　これ、とっても美味しいです！　ご飯って、本当に色々な味に合いますね！」

ティンファが食べているのはチャーハンだ。生姜焼きを作った残りの肉汁で味付けをしたけど、卵もないし正確には焼き飯かな。

あとは焼きおにぎりも作ってある。チーズがあれば、リゾットとかも作りたかったんだけど。

『料理には、こんなに様々な味や食感があるのだな。この魚の干からびたものでさえも、味が濃縮していてとても美味いぞ』

そう言うと、リューラは干物を丸ごと一匹、一口で食べた。色々な味の料理を次々と食べては、楽しそうにしている。

「気に入ってもらえてよかったです。さあ、まだ沢山あるからみんなもいくらでも食べてくれ！」

その夜は、火を囲んで「もう食べられない！」というほどに食べ、笑いながら話をして楽しい夜となった。

寂しさではなく、笑顔とともに別れられるように。

眠くなるまで、焚き火を囲んだのだった。

◆　◆　◆

昨夜は普段よりも遅く就寝したが、いつもの時間に目が覚めた。

布団をそっと抜け出し、昨日炊いておいたご飯を温めて、おにぎりを昼食の分も合わせて多めに握る。

『今日も早いな。朝食を食べたらすぐ出たほうがいいだろう。準備は大丈夫か？』

「おはようございます、リューラさん。出発時間はわかりました。昼のお弁当を作り終わったら支度をするので、少しだけ待っていてください」

『ああ。では出発の準備ができたら外へ出てきてくれ。我はそれまでにやることがある』

「今朝は食べないのですか？　多めに作っておくので、食べたくなったら言ってください」

スッと器用に足で引き戸を閉めたリューラを見送り、俺は大急ぎで肉を焼く。

「おはようございます、アリトさん。すみません、今日はもう出ますよね」

「おはよう、ティンファ。おにぎりを握ったから食べよう。昼食分の弁当も作ったよ。食べたら支度してくれ。リューラが外で待っているから」

「わかりました！」

それからまだ眠そうなレラルを急かして素早くご飯を食べ、全ての部屋に浄化を掛けて庵をキレイに掃除する。それが終わったら荷造りだ。

「よし。出ようか」

「はい！」

最後にこの十日お世話になった庵を見渡してから、引き戸を開けた。

『来たな。アリト、おまえさんがここに来てから毎日が楽しかった。だが、やはり我は一緒には行けない。ここを守りたいからな。だから、子を作った。一緒に連れていってくれ』

「え？」

広場に出ると、元の大きな姿になったリューラが朝日を受けて輝いていた。

眩しさに目を細めて見上げても顔は見えず、何を言われたのかもわからない。

一緒に行けないのは理解できるが、子供を作った？　なんだそれは。

『下だ、下。我の顔ではない。下を見るのだ』

「え？　下？」

何が下なんだ？

わけがわからないまま、言われた通りに視線を下げていく。

どんどん下がり、リューラの巨大な足の指先が見えてきた時。

「なんだ？　足の間に何か白く小さいものが……？」

リューラの白銀の鱗と同化するように、小さな生き物がいるのが見えた。リューラの指の間にほぼ隠れていて、形も小さいとしかわからない。

『ふふ。我の子だ。竜種は自然の魔素の塊のような存在だ。魔素の持つ属性によって種族が分かれる。子を作るということは、力の一部を切り離して形を作り、意思を宿すということなのだ。昨日から作り始め、なんとか意思を宿すことができた。まあ、まだ自我が目覚めたばかりのほんの赤ん坊なのだが、一緒に連れていってくれ』

子供って、本当にリューラの子供なのかっ！

力の一部を切り離して子を作るだって？　しかも、さらっと竜種の生態を言ったよなっ!?

オースト爺さんでさえ、このことを知っているかわからないのに……。

「うわぁあっ！　真っ白で小さくて可愛いですよ！　アリトさん、また仲間が増えましたね！」

俺が呆然としている間に、ティンファはリューラの足元に近づき、屈んで子供を見ていた。

……いつになったら俺はティンファより肝が据わるのだろうな。

そんな姿を見て、力が抜けて一つため息をついた。

そして、俺もゆっくりと近づいていく。

リューラの子供はまだ本当に小さく、小型犬ほどの大きさだった。

親のリューラと同じ、白銀に光る真っ白な鱗の小さな小さな竜の子。

白い鱗の中で、くっきりとした大きな金色に輝く目だけがきょろきょろと動いていた。

俺はティンファより前に出て、竜の子に手が届くくらいの距離で腰を下ろす。

「リューラさん。この子の名前はありますか？」

『タクーランミージュ、主の名からつけた名前だ。我ら白竜は、風に流れ、さすらう者。どうかこの子をそなたたちと一緒に旅をさせて欲しい』

風に流れ、さすらう者。

そんな種のリューラは、主を想ってここに留まっている。

主とリューラ、二人の想いを込めて名付けられた子。

「タクーランミージュ。タクー？　タクミ？　……タクーかな。もうこの旅は終わりだし、またどこかへ行くにしても、ずっと旅をし続ける予定はないのですが、いいのでしょうか？」

そう尋ねると、リューラは深く頷いた。

「タクー、俺はアリトって言うんだ。お前の親の主と同じ世界で生まれたんだよ。どうかな。俺たちと一緒に来るかい？」

たくさんの想いを込めて生み出された子に、そっと手を差し伸べる。

『ア？　アリ、アリ……ト？　タクー、行く。いっしょ、行く！』

キョドキョドと、差し出した手と俺を交互に見ていたタクーが、初めて口を開いて子供特有の甲高い声を上げた。

そしてゆっくりと飛び立ち、俺の手に乗る。

両の手のひらに乗るほどの小さな身体を、そっと抱きしめて立ち上がった。

リューラの力の一部から生まれたから、赤ちゃんでも話せるんだな。飛べるのは、白竜ならではか。

でも、舌ったらずな言葉は赤ちゃんらしく、温かな体温に笑みが浮かぶ。

「よろしくな、タクー。一緒に行こう」

頷く代わりなのか、すり寄ってきた身体をそっと撫でた。

『では、行こうか。日があるうちに戻れなくなるからな』

「わかりました。……ありがとうございます、リューラさん。大事な仲間としてタクーは預かりますね。あとこれ、少しですが受け取ってください。日持ちするものを入れておいたので、気が向いた時に食べていただければ」

たとえ最強の竜でも、本来は物心つくまで親と一緒に過ごすものだろう。リューラも、小さい頃にはぐれたと言っていたのだから。

それでも、俺に託そうと子を作ってくれたリューラの気持ちがとてもうれしい。

そんなリューラに渡すには、ほんの些細(ささい)なものだけれど。

渡したのは、あらかじめ用意しておいた入り口が大きなマジックバッグだ。

その中には、昨日の夜に宴用の食事と一緒に作っておいた、おかず各種が入っている。

さらには炊いたご飯や生姜焼きのタレ、燻製にした肉や果物など、日持ちがする食材や調味料なども入れておいた。

料理するかはわからないが、リューラの手はとても細やかな作業もできるから、気が向いた時に肉を焼くくらいはするだろう。

身体を小さくすれば、マジックバッグから出し入れすることもなんとかできると思う。

『その気持ちがありがたいぞ。それにまた懐かしの料理を食べられるのもうれしいな』

そう言って、身体には小さすぎる贈り物を受け取ってくれた。

「じゃあアディー。大きくなってくれ」

『……飛ばすからな。しっかりと風を使え』

スノーの上にとまっていたアディーが、リューラの隣で大きくなっていく。

そんなアディーを見つめながら、どんどん気持ちが高まってくるのを感じた。

さあ。リューラの言う、この世界の真理の一端を見にいこう！

第十三話　北の果てへ

空へと舞い上がったリューラを見上げ、大きくなったアディーに飛び乗った。

長い身体をうねらせて飛ぶ姿はあまりにも美しく、つい見とれてしまう。

まるで神話の世界を見ているかのような、壮麗な光景だった。

タクーも長い時を経ればリューラみたいになるのかと思うと、とても楽しみだ。

腕の中の小さなタクーを見たら、俺の視線に気づいて首を傾げていた。「なあに？」と聞いていているようだ。

こんなに小さくて可愛くても、いずれはあの雄大な姿になるんだよな。

「レラル、今日はアディーにずっと飛んでもらうけど大丈夫か？　また抱っこしようか？」

「んむぅ。でも、タクーがいるから。レラルはもうおねえちゃんだから、大丈夫だよ！」

アディーの背に乗り、安定する場所へ座ってレラルに聞くと、少し震えながらもエヘンと胸を張った。

「ふふふ。じゃあレラルちゃんは、私のお膝にいて欲しいな。いいかな？」

「うん！　いいよ！」

『スノーはアリトの隣なの！　リアンとイリンはスノーのお腹に入れてあげるの！』

タクーを抱いた俺と、レラルを膝に乗せて抱いたティンファが隣り合って座ると、反対側の隣に小さいままのスノーがすり寄り寝そべる。

リアンとイリンは、震えて抱き合いながらスノーの脚の間に座った。

『行くぞ。一気に上昇するからな。障壁をしっかり張れよ』

日の光に照らされてキラキラと輝く白銀の姿を追うように、俺たちを乗せたアディーが一気に上空へと飛び上がった。

「うわっ！　障壁、まだ張ってないってのにっ！」

つい座って和(なご)んでしまったのは、俺が悪いのかもしれないけどっ！

ごうごうと吹きすさぶ風をつかまえ、魔力で干渉して流れを変えて、俺たちの後ろを支えるように壁を作った。そしてアディーの身体に沿うように流線形に障壁を張る。

「ふう……」

「ありがとうございます、アリトさん。私は上を張りますね」

「よろしくな、ティンファ。俺にはそこまでは無理だからお願いするよ」

アディーも風圧の緩和や落下防止に風を使ってくれてはいるが、それでもまだ風圧を感じるのはわざとそうしているからだろうな。

これも俺の修業だ。もっと力をつけないと、アディーに乗せてもらうのにふさわしくないよな。

今回は特例でおまけしてもらっているに過ぎない。

そう自分を戒(いまし)め、気合を入れて風を操作することに集中する。

「でも、凄いですね。恐らく私に想像もできないほどの速さで飛んでいるのでしょうが、まだずっと先まで森が見えますよ」

ティンファにそう言われて周囲の様子を窺う。

振り返るとすでに岩山はほぼ見えなくなっており、視界全てが森だということに気づいた。

かなり北へ旅してきたと思っていたが、北の果てまではまだまだ遠かった、ということだ。

まだこの先も見渡す限り森が広がっているから、大陸の北の端へ歩いて到達するのはほぼ無理なのだろう。

野営するにも命懸けなこの地で、何か月も移動することができる人なんて、俺にはオースト爺さんやキーリエフさんくらいしか思い浮かばない。

飛ぶことができる従魔と契約すれば、今のように移動はできる。けど……。

そんなことを考えていると、案の定、アディーから警告がきた。

『来たぞ。しっかり風を使え。付きまとわれたら戦闘するからな』

「きゃあっ！」

「ティンファ。スピードがもっと上がるから、怖かったら伏せるんだ。戦闘になるかもしれない。体勢が崩れそうになったら風を使って！　大丈夫、絶対に落ちないから！」

とりあえず俺の腕の中のタクーをスノーに託し、風を意識しながら周囲の状況を窺う。

ティンファの視線の先を追うと、凄いスピードで近づいてくる魔物か魔獣の姿が見えた。

咄嗟に張っていた風の壁の幅を狭め、低い姿勢で自分たちの身体をアディーに固定する。

その瞬間、ぐっと圧がかかった。

慌てて顔を上げると、あまりのスピードに周囲の景色が流れて消えた。

アディーと俺が張った障壁があっても、かなりの圧を感じる。

なんとか敵のいる方へ顔を向けると、煌めく白銀が見えた。

『ふむ。どうするか。我が倒してもいいが』

このままスピードを上げても、振り切るのが面倒な相手なのだろう。

だったら、倒したほうがいい。

『……せっかくだ。アリト、魔法を撃て』

え？　俺が？

「もしかして、あの追って来る魔物か魔獣を、俺に倒せって言っているのか？」

『そうだ。空中での戦闘をこなせなければ、俺に乗る資格はないぞ』

……うん、そうだな。アディーに認められないと、って、さっき決意したばかりだよな。

でも、こんな急場で!?　まあ、やってみるけどさ！

後ろから迫ってくる魔物か魔獣を振り返り、改めてじっくりと観察する。

獣に羽が生えたような姿。大きさは不明だが、この距離でもそれなりに大きいから、アディーと同じ、あるいはもう少し小さいくらいか。

羽は進む方向を調整しているだけで、魔法で飛んでいるのだろう。高速で迫ってくるのに、ほとんど羽ばたいていない。

羽に運よく魔法が当たったとしても、落ちる可能性は低いな。

だとすると、最初から的の大きな身体を狙ったほうがいいだろう。

恐らくアディーはわざとスピードを緩めたのだと思う。ぐんぐん大きくなってくる敵の姿から目を離さずに、手に魔力を集中する。

よし、今だ！

操作している風を圧縮し、鋭い刃が次々と襲い掛かるかまいたちを想像しながら、狙いをつけて解き放つ。

すると障壁の外に小さな竜巻が生じ、そこからいくつもの鋭い刃が放たれ標的に襲い掛かった。

ビュン、と矢を放った時のような音とともに風の刃は進み、獣の大きな身体を次々と切り裂く。

「ギィアーーーーッ⁉」

パッと血しぶきが舞い、胴体からえぐり取られた肉片が空に撒き散らされる。

そして体勢を崩した獣は抗うようにバサバサと何度か羽ばたき、力を失うと墜落していった。

地面に落ちていく姿を見届け、やっと肩から力を抜く。

「ふう……。よかった。なんとかなったな」

『相手がたった一体で、そんなに気負ってどうする。ほら、次だ』

「ええっ⁉」

緊張が解けて疲労にぐったりしていると、すぐにアディーに言われて身体が跳ねた。

慌てて周囲を確認する。先ほどの戦闘で流れた血の匂いを嗅ぎつけたのか、後方から集団で迫ってくる影が見えた。

「うわっ！　もしかしてあれも俺一人で倒すのか？」

思わず立ち上がってアディーの頭の方へ歩きかけると。

『ふん。今日は急ぐからな。あれくらいは振り切ってやる。だが、いつもこうだとは思うな。戦闘が終わっても気を抜くんじゃないぞ』

そう言い終わると同時に急激にスピードが上がり、俺は思わず転びそうになってしまった。いくら魔法で風圧を防いでいても、急な加速や方向転換による衝撃は殺しきれないのだ。

「アリトさんっ！　大丈夫ですかっ！」

「あ、ああ。大丈夫だよ」

たたらを踏みかけたところでスノーが頭で腰を支えてくれ、体勢を立て直すことができた。

一息ついて、元のティンファの隣へと座る。

心配そうに俺を見上げるレラルやスノー、リアンとイリンの頭を撫で、ぼんやり見ているタクーの背中もそっと撫でた。

『ふふ。このスピードなら、まもなく見えてくるぞ。さすが、力のあるウィラールだな』

「え？　見えてくるって、リューラさんが言っていた目的地ですか？」

『今にわかる。前をしっかり見ていろ』

そうアディーにも言われ、身を乗り出して前方を見つめる。

「あっ！　アリトさん、あれは海でしょうか？　私、本で読んだことしかないのですが」

そう言ったのはティンファだった。

そして遅れて俺も気がついた。森と空だけだった景色に、青い水平線が加わっていることに。

「ああ、海、だ」

空の青よりも深い色に、生まれて初めて海を見た時の感動を思い出す。

内陸にある田舎の家を出て大学へ行った時、初めて海を見たのだ。

「うわぁ……。海って、とんでもないですね。空と同じくらい広いなんて」

「そうだね。海はとても広いよ」

どこまでも続く海を呆然と眺めるティンファの横顔を、そっと見る。

さすがのティンファも海には驚くよな。こっちの海水も、塩辛いのかな？

『あれが海なの？　全部が水なの？』

「え？　あれはお水なの？　湖よりもとっても大きいよ！　凄く大きなお魚もいるのかな」

スノーも初めての海に興奮して身を乗り出し、レラルもティンファの膝から立ち上がって見ている。

「そうだよ。世界は、陸地以外は全て海なんだ。……あれ？　地球ではそうだけど、この世界でも同じなのか？　うーん。あ、でもよく見たら水平線が丸くなくて一直線だ。そうなると、この世界は球体の惑星ではないってことなのか？」

つい地球の話をしてしまい、違いに気がついた。

視界一杯に広がる空と海の境は、一直線だ。

『懐かしいな。主もそう言っていた。地球という惑星の中の小さな島国生まれだと。ほら、もう見える。アディーよ、その先へも行くが、とりあえず境をアリトにじっくり見せてやってくれ』

『わかった。アリト。先ではなく下だ』

そう言われて水平線に向けていた視線を右下へ向けると、そこには崖があった。そしてその遥か下に見える海。

「え？」

海との境が切り立つ崖になっている場所なら、テレビでいくらでも見たことがある。

でも、今見えている場所は陸と海との高低差が凄まじく、目を疑うほどだった。

思わず後方を振り返ると、視界の全てが森と空だけになる。そこにはやはり高低差があるようには見えない。

エリダナの街からの旅路も少しの起伏はあったが、急な勾配はまったくなかった。せいぜい、小高い丘があったくらいだ。

「この大陸は、海面から大分隆起してできたのか」

そう考えると、海の水に触れられるくらい低い土地はなかなかないのかもしれない。

この大陸の他に、南にもう一つ大陸があるって聞いたけど、船で行くんじゃないのかな。

そもそも、この世界に船はあるのか？

『ふん。今降りていくから、しっかりと自分の目で見てみろ』

その言葉と同時に、アディーはぎゅんっと急降下した。

「うわっ⁉」

「アリトさんっ！」

崖を確認するために大分身を乗り出していた俺は、またもやバランスを崩して転がりそうになり、もふっとした毛並みに受け止められる。

「あ、ありがとうスノー」

ふう、と胸を撫で下ろし、スノーに抱きついて顔を上げると、目の前には崖が迫っていた。

『危ないよ、アリト。うわあ。こっちの崖もとっても大きいの！』

「ううう。下が見えると怖いよ……」

「レラルちゃん、私がしっかり抱きしめているから大丈夫よ。それにしても……。私たちが住んでいる大陸って、こんなに高い場所にあったのですね」

下降して森が目の前に迫ってきたと思ったら、あっという間に視界が崖のみとなる。

そのままのスピードで下がっていくアディーの横には、崖がずっと続いていた。

ぐんぐん下へ下へと進み、海面が近づいてきたのはそれからしばらく経った後のことだった。

「本当だな。どれだけ高い崖になっているのだろうな？」

今のアディーは、ロクスよりも少し大きい。そのアディーがかなりのスピードで飛んで、恐らくもう三分は経っている。

時速がどれほどかは予想できないけど、富士山の山頂から麓までくらいの高低差はあったんじゃないか？

この大陸がどれだけ海面から上にあるのかを考えていると、崖と海との境目がやっと迫ってきた。

「あ、あれ……？　なんか、変だよな」

砂浜でも崖でも岩場でも、波は陸地に寄せては返すんじゃなかったか？

俺の知っている海はそうだった。でも。

「なんで海が崖の下へもぐり込んでいるんだ？」

アディーの上から見えたのは寄せる波ではなく、海水が崖下に吸い込まれていく光景だった。まるで川の水が滝つぼに落ちていっているのを見下ろしているようだ。実際には滝つぼなどなく、ただ水が吸い込まれていっているだけだが。

「この世界の海は、どうなっているんだ？　陸地がない場所は全て海、だよな？　あの海水はどこへ行っているんだ？」

地球では、海は陸地以外の全てを覆って満ちている。海水は世界を巡っているのだ。

目の前の光景を不思議に思い、視線を遠くへ移すと、沖の方には波があった。

……本当にどうなっているんだ？

「……なあ、アディー。この世界では、海は地面の遥か下にあるのか？」

海面からすれば、陸地は標高三千メートル以上だ。でも空気が薄いということもない。

あるいは、元々海は陸地と同じくらいの水位だったけれど、何らかの理由で急激に下がったとか？

『目の前にあるだろう』

そう、確かに海は目の前にある。これが、この世界の現実というものだ。

頭の中に思い浮かべたのは、海底からそびえたつ大陸と、その遥か下にある海面。そして球体の惑星ではなく、海の果てがある平面の世界だ。

……とても大きな亀の甲羅の上に世界がある、なんてことはない、よな？

「な、なあティンファ。この大陸の南にある大陸に行くには、船……海に乗り物を浮かべて、それに乗って行くんじゃないのか？」

「え？　あの、確かに海を渡った南に大陸があることは母に教わって知っています。でも、その大陸へは空から行くそうですよ。その、船？　というものは海面へ浮かべるのですか？　海には川とは比べものにならないほど強い魔物や魔獣がいるそうですから、かなり頑丈で大きな乗り物でないと、移動するのは無理なのではないでしょうか」

……この様子だと、「砂浜」という言葉もティンファは知らなそうだ。

いや、それはどうでもよくて。

確かこの世界では、水辺には魔物がいるから人は近づかないのだ。海なんて言ったら、それこそボス級の魔物が棲んでいてもおかしくない、のか。

つい海をきょろきょろと見てしまったが、水面から顔を出す影はなく、ほっとした。

やっぱりここは、俺が生まれた世界とは違う世界、異世界なんだな。

『……なあ、アディー。世界の果てって、どうなっているのか知っているか？　この海の果ては、どんな風なのだろう』

見渡す限りに広がっている海。この海の果ては、どこに繋がっているのだろう。

それともやはり、海の終わるところが世界の果てなのだろうか。

『……ここは大陸の果て、辺境地だ。海はその先にあり、つまりは大気に含まれる魔素の濃度はさらに上がる。海に含まれる魔素だけではなく、空気中の魔素も膨大になるのだ』

……え？　もしかして海が、この世界で一番魔力濃度が高いのか？

だとすると、海に近い土地がその影響を受けて、魔力濃度の高い辺境地と呼ばれる場所が生まれた、ということなのだろうか。

自分の常識とはまったく異なる世界の姿に、俺は呆然とするしかなかった。

番外編　果ての間に

俺――アディーロが生まれ育った霊山を離れたのは、ほんの気まぐれだった。

ウィラールは風の王と言われている。

霊山で生まれ、霊山の魔力によって育まれる。それは太古から続いてきた。

霊山の中層の雲を突き抜けて飛ぶ雄々しい姿が、風の王と呼ばれている所以だろう。

魔獣は、土地の魔力だまりから生まれる場合と、魔獣の親から生まれる場合がある。

ウィラールの起源はエルフと同時期で、血により命を繋いできた種族だ。

起源とする霊山の魔力を取り込みながら育つのだが、その量には個体差が存在する。

同じウィラールでも霊山を離れ、エルフと契約を交わして暮らしたり、人里近くまで棲み処を移したりする個体がいるのはそのためだ。

エルフが血を薄くし、霊山の魔力に耐えられない個体が多くなったことと、状況的には同じなのだろう。

そんな中で俺は、成体になるまで大量の霊山の魔力を取り込んだ。なぜそこまで吸収できたのかはわからないが、まあ、そういう個体だったということだろう。

生まれてからしばらくは、霊山の頂上に到達しようと躍起になってひたすら飛んでいた。

まあ、若かったのだ。

だが、どうやっても霊山の頂上を拝むことはできず、雲の中層、ウィラールの棲み処へと戻ってきた。

ただ、その挑戦は無駄ではなかったようで、俺の魔力は成体になってもなお、格段に上がった。

そう、全てのウィラールの頂点に立つくらいまで。

それからは俺に挑戦してくる雄、アピールしてくる雌を相手にするのが面倒になって、今度は霊山から海を目指した。

まあ、その結果の話は今はいい。この旅が終わる時、気が向いたらアリトに聞かせてやろう。

そうして霊山にいることに嫌気が差し、霊山の次に土地の魔力が高い『死の森』へと気まぐれで棲み処を移した。

南の火山にある火竜の棲み処の上空を通過し、追ってくるのを振り切って遊んだりもした。

まあ、あの頃もまだ若かったのだな。

落ち着いた頃に、森に一人のハイ・エルフが棲んでいることに気づいた。よく見れば、多くの強い魔獣たちもいる。

ハイ・エルフは同じ霊山出身だから気にはなったが、魔獣の中に交ざりたいとは思わず、たまに立ち寄って様子を見つつ、のんびりとその日暮らしを続けていた。

その頃には大きな姿でいるとちょっかいを掛けられることが多く、面倒になって小さな姿で魔力を隠すようになった。

そんな生活がどれほど続いただろうか。

ある日、そのハイ・エルフのもとに、もう一人の人間がいることに気がついた。

ハイ・エルフの爺さんは、魔獣を除けばずっと一人暮らしだった。

時たまワイバーンに乗ったハイ・エルフや、他の種族の知り合いは訪れていたが、一緒に暮らした人はそいつが始めてだ。

爺さんが出掛けて、強い個体を連れて帰ってくることは何度かあったものの、人を連れ帰ることは一度もなかったのだ。

最初はただ珍しいもの見たさに、どうせ暇だからと毎日の散歩ついでに観察していただけだった。

だが、そいつのあまりの弱さに愕然とした。あんなに弱い生き物を見たのは、森の端でゴブリンにちょっかいを掛けた時以来だ。

よくこの森で過ごそうと思ったものだと、逆に感心した。

そいつはハイ・エルフの爺さんに魔法や弓の使い方などを教わり、少しずつ力をつけていったが、とてもこの森で生きていけるとは思えない。

いつも一緒にいるフェンリルの子供だって、まだまだだ。まあ、その子供がいるから、少しは森を歩けているのだろうが。

あまりにも弱すぎて気になり、森に入ったそいつを見ていると、フェンリルの子供もそいつも主に風を武器にしているのがわかった。

いや、全然なっちゃいない。フェンリルの子供も本能で使っているだけ。まあまあ見られる程度ではあるが、人に至っては下手すぎて腹が立ってくるほどだ。

あまりにも我慢ならなくて、気づいたら声を掛けていた。


アリトの契約を受け入れたのは気まぐれだ。

従魔契約は本来なら受け入れた時点で生涯破棄はできないが、アリトと俺では力の差が大きすぎるため、俺から破棄することができると知っていた。

だから、長い生の暇潰しに契約をし、少しは風の使い方がマシになるようアリトを扱(しご)いてみようと思ったのだ。

まあ、アリトが『落ち人』だと知った時はさすがに驚いたがな。

落ち人は何度か見かけたことはあるが、五体満足で生き延びた者がいたとは思わなかった。

何の前触れもなく、突然世界を渡って落ちてくる。しかも、その身を犠牲にして。

そんな落ち人を、さすがに俺も気の毒だとは思う。

だが、この世界に落ちたことをいつまでもぐずぐずと受け入れずにいたアリトを、オースト爺さんが尻を蹴っ飛ばして旅に出したことには賛成だ。

だから、アリトの修業の一環だと、はるばる北の果てへの旅にも付き合ってきた。

それにしても、目的地で白竜なんてものに遭遇するとはな。

旅の供は最初、子供のスノーだけだったが、珍しい混血のレラル、そして小さなリアンに嫁のイリンと、道連れが増えて賑やかになった。

おもりが増えて面倒だとは思ったが、まあ悪くはない。

とりあえず調べものとやらが終われば、死の森の爺さんのところまで帰るとアリトは決断した。

その時は乗せていってやってもいいだろう。

『ねえ、楽しかったの！　アディーが大きくなって、ビューンって飛んで、ヒュンって上に行ったり下に行ったり！　ロクスのグルングルン回るのも楽しかったけど、とっても速いのもよかったの！　ねえ、アディーってなんで今までスノーたちを乗せて飛んでくれなかったの？　大きいほうが強いからいいのに！』

岩山の小部屋の中で、本を読むアリトを全員で待っていると、初日の緊張感がなくなって飽きてきたのか、スノーが絡んできた。

同じ世界の同じ国から落ちてきた『落ち人』が遺した本を初めて読んだ日は、アリトの様子がおかしく、さすがの俺も少しは心配して見守っていたが。

……いや、ずっと生まれた世界のことをうじうじと考えているアリトのヤツを、俺はずっと鬱陶しく思っていたのだ。

それもここで終わるなら、と付き合ってやったのだが、まさか水も飲まずに一心に本を読むとは予想外だった。

ふん。ティンファがアリトのことを心配するからな。仕方がない、もう少しだけ見守ってやろう。

まあ、確かに毎日一緒に来る必要はない。だが、ここ一帯はリューラの縄張りだから、好きに飛び回るわけにもいかないし、暇だからな。

大体、ティンファという女をつかまえておいて、まだ落ち人がどうのと騒ぐほうがどうかしている。

まったく、ティンファもどうしてこんなヤツと一緒にいようと思ったのだかな。

『大抵大きい者は強いが、例外もある。オースト爺さんのところにいた魔獣でも、小さいのに強いヤツもいたのだからわかるだろう？　それに、アリトを鍛えるために俺の手出しは最低限だと、最初から何度も言っていただろうに』

『えー！　でも、スノーも頼まれた時はアリトを乗せて走っているの。だから、アディーだって時々なら乗せて飛んでくれてもいいと思うの！』

はあ……本当にこいつは。

アリトのためだと説明すれば一応従ってはくれるが、それでもたまにこうして自分の意見を通そうと駄々をこねるのだ。

『……ふう。スノーはまったく成長しないな。もう成獣なのに、まだまだ中身は子供だ』

そう、アリトのヤツと契約する前からスノーのことも見ていたが、戦闘力はまあまあ上がったものの、それ以外はまったく変わっていない。

『えーー！　おかあさんと同じくらい、もう大きくなったもん。アリトもティンファもレラルも、皆背中に乗せて走れるの。だからもう子供じゃないよ！』

『そういうところが子供だというのだ。まあ、もうアリトを乗せるなとは言わん。ティンファもいるし、好きなだけ二人を乗せて走ればいい』

これは爺さんの家で生まれて強い仲間に囲まれ、甘やかされて育ったせいだろう。

アリトのヤツだって、あの爺さんだってスノーを甘やかしていたからな。

魔獣として成獣になったのであれば、もう少し精神的に成長しているはずなのに。

『本当！　やったぁ！　スノー、皆を乗せて頑張って走るの！　あ、じゃあアディーも、もういつでもアリトとスノーたちを乗せて飛んでくれるんだよね！　楽しみなの！』

『……まあ、気が向いたらな。いつもじゃないぞ。アリトのヤツが怠けたら、また徹底的に扱くからな』

スノーはアリトを乗せて走るのが好きで、いつも乗せたいと言ってきかない。

まあ、従魔としてはその姿勢は正しいのだが、それを俺に言われてもな。

『わかったの！　アリト、まだ弱いけど、アディーの修業も頑張っているの。だから大丈夫なの。あ、でもスノーもたくさん走りたいから、やっぱりアディーのおじさんはアリトたちを乗せるのは、たまにでいいの』

はあ……どうしろというのだ。

俺も長い間生きているが、こんな無力感に襲われる相手は初めてだ。

しかも俺のことを「おじさん」などと言いおって。

『さっきから話が滅茶苦茶だぞ。まったく……これならリアンのほうが早く、上手く話せるようになりそうだな』

リアンは、小さくても気遣いや努力をしている偉いヤツだ。

リアンとイリンは、身体は小さいが中級だ。器用に植物を操る。

アリトと契約するまでは、魔物や魔獣を狙わずに木の実などを食べていたらしい。まあ、それでも嫁のイリンを守っていたのだからな。

『あ、あの。俺とイリンが強い肉を食べているから、強くなっている、って。それで、こうして話せるようにもなったけど、それは、どこまでですか？　このまま俺よりも強い肉、食べて、イリンの身体大丈夫、ですか？』

ほらな。最初はカタコトだったのが、ほとんど普通に話せるようになっている。

それに、本当は俺に話しかけるのも怖いだろうに、嫁のためなら勇気も出せる。

まあ、嫁のほうは普段は俺のこともまったく気にしていないのだがな。

……嫁はどことなくスノーに通じるものがある。そう考えると、リアンは苦労をしているな。

ふむ。確かに以前、リアンの話し方が流暢（りゅうちょう）になったのは、俺らと同じ肉を食べているからだと言った。

それは濃い魔力を取り込んだことで、体内の魔力濃度が上がり、さらに知性が宿ったからだ。

二人とも、最初は中級といっても初級よりは多少上という程度だった。それが今では胸を張って中級といえるまでになっている。

『身体の小さい上級魔獣がいないわけではないがな。お前たちがいくら上級の肉を食って体内の魔力濃度を上げても、さすがにそこまでにはならないぞ。身体が魔力を受け入れられる上限に達すれば、それ以上は取り込まれずに排出されるだけだ』

このまま何十年、何百年と過ごせば上級へ至る可能性がないわけではないが、その前に身体が限界になるだろう。

際限なく魔力を取り込めるのなら、それこそ最後にはリューラみたいな存在になる。

しかし、竜のような存在は世界に多くは認められていない。

『よかった。でも、肉、食べ始めたら、使える魔法、強くなった。だからもっと頑張って、嫁のことを守る』

『ああ、そうしてやれ。次に行くのも、ここと大差ない土地だ。格上ばかり棲んでいるが、怖がることはない。リアンは嫁のことだけを考えていればいい』

『死の森』はここと同じ辺境地だが、火山周辺はさらに魔力濃度が高い。

オースト爺さんの住居はこの場所とそう変わらないものの、リアンとイリンにしてみればかなり魔力濃度が高い土地になる。

まあ、あの家にいれば大丈夫だろう。二人なら上手くやれる。

『ねえ、アディーのおじさん。リアンとイリンが上級のお肉を食べて体内の魔力濃度が上がるのなら、わたしはどうなるの？　もっとお肉食べたら、わたしも強くなれるのかな？』

リアンがほっとしたようにイリンの方へ行くと、今度はレラルが話し掛けてきた。

……レラルまで俺を「おじさん」と呼ぶのは、スノーのせいだな。おねえちゃんと慕うのはいいが、これ以上悪影響を受けないことを祈るばかりだ。

『それは俺にもわからん。魔獣の混血を見たのは、レラルが初めてだ』

レラルは魔獣チェンダと、妖精族のケットシーとの混血だが、魔獣と人の間に子が生まれるなぞ、レラルと会って初めて知った。

まだまだ俺の知らないことがあるのだと、レラルと出会った時はとても驚いたものだ。

すると、スノーがレラルの隣に来て座る。

『アディーにもわからないことがあるの？　でも、レラルが強くならなくても、おねえちゃんだから私が守るよ！』

まったく。スノーに知らんのかと言われると、腹が立つな。

まあ、弱い者を守ろうとするのはいいことだが、張り切るとろくなことにならない。何をしでかすか予想がつかないからな。

『我は何度か見たことがあるぞ。同じチェンダとケットシーの血を引く者もいた。レラルはケットシーの血が濃く出ているようだが、その者はチェンダの血が濃くてな。常に四本足で歩いておった』

思わずビクッと反応しそうになるのを、無理やり抑える。リューラの声だ。

最初に会った時のような緊張感はないが、ふいにだと反応しそうになる。

『おお、すまん。今はお前たちだけに話し掛けておるから、アリトとティンファには聞こえていない。そのまま普通に話していてくれ』

『はーい！　ねえ、リューラ。レラルと同じ混血の子は、どうだったの？』

『し、知りたい、です！　お願いします』

スノーのヤツは敵意がない、いい人そうだと言ってまったく気にしないが、図太いにも程がある。レラルのように、萎縮するのが普通だ。

最上位の竜は、まさしく規格外だ。

初めてリューラを見た時は、濃縮した魔力の塊だと感じた。

あまりの威圧感に萎縮していたら、それに気づいたリューラ自身が魔力を感じさせぬよう障壁を張った。

今思えば、死の森の火山で俺が見た火竜は、リューラよりも格下だったのだろう。

俺でさえ気圧（けお）されたのに、スノーはリューラを目の前にしても何も変わらなかった。無神経というより、ここまで来るとバカなんじゃないかとも思う。

『ふむ。空から見かけただけなので、詳しいことはわからないが、体内の魔力の形は魔獣とほぼ同じだったぞ。レラルは妖精族寄りだが、高濃度の魔力を含む肉を食べれば、体内の魔力濃度はある程度までなら上がるだろうな』

『やったあ！　わたし、お肉いっぱい食べる！　そうしたらスノーおねえちゃんのように大きくなれますか？』

レラルは今のところ、一番大きく姿を変えても大型犬ほどだ。その大きさだと人は乗せられないが、スノーがアリトを乗せて走るのが楽しいと言うものだから、もしかしたらずっと羨ましかったのかもしれない。

『大きくは、どうだろうな。少しはなれるかもしれんな』

『よかったの！　大きくなれれば、強くなれるの！』

スノーが我がことのように喜んでいる。

……まあ、友好的な相手なら、このくらい親しげなほうがいいのかもしれんが。

『ふふふ。そなたは面白いな。でもそのほうが、一緒にいるアリトの心が安らぐだろう』

『スノーはアリトとずっと一緒にいるの！　どこに行くのも一緒なの！』

うれしそうに立ち上がったスノーが、尻尾をぶんぶんと振り回した。

その風圧で近くにいたイリンが倒れそうになるのを、リアンが庇っている。

そんなリアンとイリンに気づいて、ティンファが本を読む手を止めて微笑んでいた。

そうだ。この機会に先に確認しておくか。

『俺は霊山で、ちらっと風の精霊族を見かけたことがある。ティンファは先祖返りだが、精霊族の特性がどれだけ出ているかわかるか？』

そう、霊山の頂上を目指して、高く、高く飛んでいた時。

霊山のかなり高い位置で、精霊族を見かけたことがある。

あの高度では魔力濃度が高すぎて、霊山生まれの俺でも長く留まるのは無理だった。

今、精霊族をほぼ見かけないのは、霊山の高い位置に集落を作ってそこで暮らしているからなのだろう。

『ふうむ。それは我も気になって見ていたのだが、今のところ耳の羽ぐらいよな。羽も、純血の精霊族ならもっと大きい。そして能力についても、ティンファは風を操るのが得意だというぐらいだろう』

あの時見えた、空に羽ばたく白い羽。あれは耳の羽だったのか。

では、ティンファは先祖返りといっても、ハーフかクォーター、もしくはそれ以下程度の濃さなのかもしれないな。実際には妖精族やエルフ、果ては獣人や人族の血も入っているわけだし。

『……俺は霊山で生まれたが、精霊族のことをよく知らない。どういう種族なのだ？』

『精霊族はエルフ——今ではハイ・エルフと呼ばれる種族やウィラールと同じ時期に、霊山で発祥した種族だ。つまり、この世界原初の人種だな。精霊族は個体により、火、風、水、土、光、闇というそれぞれの属性に特化していてな。精霊族とエルフの違いは、魔素を取り込めるか否かにある。精霊族は物を食べなくても、魔素を取り込むことで生きていける。ただその特性上、魔素が汚れた場所や薄い場所では生きられない。一方、エルフは食事をしないと生命を維持できないが、逆に魔素が薄い場所でも生活できる。まあ、今では魔素が濃い場所で生活できないエルフが増えているがな』

霊山の高い位置で暮らしているのなら、もしや食事はいらないのではと思っていたが、魔素を取り込んで生活しているとは。

それはまるで……。

『ふふふ。我ら竜も自然の魔素を取り込むことで生命を繋ぎ、食事は不要だ。精霊族は竜に似た生態なのだろうな。精霊族の寿命は霊山から出なければ、ハイ・エルフよりも遥かに永いだろう』

魔素の塊である竜と、人型ではあるが食事をしない精霊族。

どちらも世界の根源に近い種族なのだと感じる。

では、先祖返りのティンファは？

魔素の少ない場所で生活していると……。

俺の考えを察したらしく、すぐにリューラの声が届く。

『大丈夫だ。ティンファは先祖返りといっても血は薄い。だから寿命も精霊族ほど長くはないだろうが、これから死の森で暮らすのなら、身体に魔素が満ちるので短命にはなるまい』

やはり、か。ティンファの生家が山裾にあったのは、両親が土地の魔力濃度に配慮していたからかもしれん。

『アリトには、そのことをそれとなくリューラから告げてもらえないか。もう少し気持ちが落ち着いたら、ティンファのことを尋ねるだろうからな』

今は自分と同じ世界から落ちてきた人の遺したものに夢中になっているが、これまで長い生の人に出会うと、最初に尋ねるのはティンファのことだった。

リューラには後で詳しく教えてくれと言っていたし、絶対に帰る前には尋ねるだろう。あやつは寿命、寿命と気にしているからな。

過去には、アリトみたいに傷一つなく落ちてきた人は確認されていない。だからここにある書物を読んでも、参考にはなるだろうが、状況が違うために当てにはならないと思う。

オースト爺さんも本人に言っていないようだが、死の森から出ずに何年も過ごしたことで、アリトは恐らくかなりの魔素を身体に吸収したことだろう。

人族は基本的に、土地の魔力濃度が高い地に住んだり、その地に育ったものを食べたりしても、体内の魔力濃度が上下するということはない。

エルフや妖精族など、一部の種族だけは例外的に取り込める者もいるが、基本、人は生まれた時に保有魔力が決まる。

後天的に増やすことも不可能ではないが、それは土地の魔力濃度とはまったく関係がない方法だ。だからアリトも、普通の人族だったのなら関係なかったのだが。

俺はアリトと直接顔を合わせる前から、爺さんの家をたまに見ていたので、落ちてきて間もない頃からアイツのことを知っている。

見守り始めて半年から一年ほど経った頃だったか。最初に見た時よりも、アリトの魔力が上がっていることに気づいたのは。

上昇が止まって以降は、死の森で暮らしていても変化はなかったから、世界を渡った際の身体の変化が完全に終了したのが、その時だったのではないかと推測している。

つまり、落ち人の変化は落ちた時に終わっているわけではない、ということだ。

まあ、落ちるのは一瞬だったというし、その瞬間に身体の変化を終えるのは不可能だろう。

過去の落ち人である倉持匠の書物や、他の二人が落ちてきた時の状況から考えると、落ちてくる瞬間に世界の魔素を取り込んで変化が起こるのだと仮定できる。

人や魔獣と同じように、魔素を取り込める量は落ち人にも個人差があって、落ちてきた時の身体の状態変化はその個人差によるものではないか、とも考えられるのだ。

だとすると、アリトが身体を損ねることなく無事だったのは、魔素に対する適合性が高かったからだと推測できる。

だから落ちてきた後、半年近くも魔素を取り込み続けても、何の変調もなかったのだ。

まあ、このことは全て俺の推論に過ぎないから今まで言わずにいた。今回の倉持匠の資料でほぼ確信したが、これからも言うつもりはない。

ここまで旅をしたことは、アリトにとっても得るものがあったので、無駄ではなかった。

ティンファという、自分が守りたい者も見つけたしな。

ティンファに出会った時、俺はやはり耳の羽と、持っている魔力の質が気になり目が離せなくなった。

姿は先祖返りをしているのに、身体の魔力が不安定だったのだ。

でも、リューラの言葉を聞いて確信した。ティンファは恐らく取り込む魔素が少なすぎて体内の魔力が圧倒的に不足し、上手く回っていなかったのだ。

ティンファは風を器用に使うが、威力はそれほど大きくなかった。それは体内の魔力の薄い箇所に合わせて出力することで、魔法を安定させていたからだろう。

ここまで旅をしてきて、ティンファの体力は限界に近かったが、体内の魔力だけを見れば、森の奥へ進むごとにだんだんと安定していった。

今後死の森で暮らすのなら、もっと安定して寿命のほうもアリトと釣り合うのではないかと思う。

まあ、俺にはそこまで世話を焼く気はないから、アリトに教えるつもりもない。

『ふん。アリトのヤツも、寿命のことなど気にせず精一杯生きればいいのだがな。まあ、これで気が済むというのなら、それでいいだろうよ』

『そうだな。全ての真理は、誰も知ることは叶うまいよ』

そう。リューラの言う通り、どんなに求めても、問いかけても答えを与えられることはない。

それでも、と望んでしまうのは仕方がないことかもしれんが。

アリトのヤツがキーリエフと霊山へ行った時、俺もつい今ならどこまで行けるかと久しぶりに血が騒いで、頂上へ向かってしまった。

小さい姿のほうが、一番大きい姿よりも上に辿り着けたのは皮肉だったがな。

『ねえ、わたしみたいな魔獣と妖精族とかの混血って、他にどんな人がいたのかな？』

ふと見ると、スノーと話していたレラルが、落ち着きなく尻尾を揺らしていた。

ああ、さっきリューラが何度か見たことがあると話していたからか。

『そうだな。他には、獣人族と妖精族の血を引く者がいたな』

リューラの言葉を聞いて、レラルは飛び上がった。

『ほんとう！　あとはどんな人がいたのか、教えて欲しいよ』

いきなり二本足で踊り出したレラルに、ティンファが驚いて顔を上げる。

でもすぐにイリンに状況を教えてもらったらしく、レラルを微笑ましく見ると読書に戻っていった。

我々は念話で会話しているので、ティンファはイリンに通訳してもらわねばこちらの話がわからないのだ。

とはいえ、イリンも聞かれなければ、全ての会話をわざわざティンファに伝えたりはすまい。

『そうだな。様々な種族との混血を見た気がするが、全て空からだったからな。ああ、そういえば、フェンリルと狼獣人族との混血も見たことがある。我と同じ白銀だったから目に留まったのだが、美しい毛並みで顔は狼だったが二本足で走っておったぞ。これがとても速くてな。思わずじっくり見ていたら、気づかれてしまうところだったわ』

『おねえちゃんの種族との混血！　わあ、わたし、会ってみたいな。わたしは四本足でも走れるけど、その人は獣型には変化はできなかったのかな』

『変化はできないだろう。体型はほぼ獣人だったからな。獣型に変化できる、そなたのほうが珍しいのだ。二つの姿を持つ種族はほぼいない。フェンリルと狼獣人族の血を引く者をいつ見たのかは忘れてしまったが、かなり昔のことだから、もう会うのは無理だろうな』

……それは、あれではないか。

いつぞや、街でスノーが獣人に追いかけ回されて、神様扱いされていた。

その者はフェンリルを崇拝していると言っていたが、先祖にフェンリルの血が入っている狼獣人族だったのかもしれんな。

『二本足だと人を乗せて走れないの。レラルは獣型になれるから、大きくなればアリトを乗せて走れるの！』

『そうだね、ずっと二本足じゃ、アリトを乗せられないよ。おねえちゃん、わたし、頑張って大きくなるよ！』

フッ。スノーのヤツが口を出すと、話が変わるな。

『そうだ！　おじいちゃんの家に、シッダとバーラルの間に生まれた子がいるの。レラルにも紹介するの！』

ああ、そういえばいたな。

シッダもバーラルも、上級の猫系の魔獣だ。大きさは違っても猫系の魔獣同士なら、混血しやすいのかもしれん。

『ふふふ。レラル、お前はチェンダの血を引いてはいても、ケットシーの血が濃い。ケットシーは人族と同じような成長をするから、大人になるにはまだ何年もかかるだろう。だが、焦ることはない。そのオーストとやらの家に多くの魔獣がいるのなら、そこで大人になるまでに色々と学ぶといい。そうすれば大人になった時、様々なことができるようになっているはずだ』

チェンダは魔獣だから数年で成獣になり、その後はずっと同じ姿で過ごす。

だが、妖精族のケットシーは人族と同じように約十五年かけて成長し、人族よりも寿命が長いのだ。

そう考えれば、レラルは確かに急いで大人になる必要はない。ゆっくりと様々なことを学びながら成長すれば、大人になった時に選択肢が増えるだろう。

……少しスノーと離したほうがいいか。まあ、様子を見て、だな。

『わかったよ！　いっぱいお肉食べて、いっぱい勉強して、そして強くなるよ！　……そうしたら、お母さんにも会えるよね？　今は、わたしが弱いから一緒にいられないけど。強くなったらアリトだって乗せて走れるし、お母さんと一緒にいられるよね？』

ああ、そうだった。混血のレラルは稀少な存在で、悪い輩（やから）に狙われる恐れがあるから、リアーナのところにいたのだったな。

『フン。帰り道に、ミランの森に寄ってやる。だから手紙を書いておけ。死の森で暮らすことも伝えるのだぞ』

『ありがとう、アディーのおじさん！　うん、手紙、書くよ！　お母さん、返事くれるかな？』

『返事くらいなら、取りに行ってやる』

『うんっ!!』

まったく、レラルも世話の焼けるヤツだ。

『よかったね、レラル！　私はおねえちゃんだから、走る特訓、一緒にやるの！』

結局、スノーにとって一番重要なのはそれなのか。

ティンファがびっくりした顔で、また飛び跳ねだしたレラルとスノーを見ていた。

ふん。アリトのヤツは、これにも気づかない、か。

まあ、ティンファが声を掛けると気づくようにはなったが。

「ふふふ。アディーさん、レラルちゃんたちが楽しそうでよかったです。あっ、そろそろお昼の時間ですね。お弁当の用意をします。あの、午後からレラルちゃんとスノーちゃんは、外で遊んでもらったほうがいいですかね？　この小部屋でずっと待っているのは、飽きちゃいますよね」

今も場所を気にせずはしゃいでじゃれ合っているので、外に出たところで変わらないだろう。

まあ、ティンファの読書の邪魔にはなりそうだが。

『いや、待つのも従魔の仕事だからな。ここでもレラルたちは楽しんでいるから大丈夫だ。と、言っておいてくれ、イリン』

『わ、わかった』

イリンに伝言を頼むと、ティンファの肩へと走っていった。

それを見送るリアンが寂しそうだが、諦めろ。

まあ、レラルは五本の指があるから、読み書きも物作りもできる。午後からはティンファに本を見繕ってもらって、読書でもさせるか。

チェンダとの混血でも、変化せずに二本足で過ごせば妖精族として暮らすことも可能だろう。

もっと成長して自分の希少性をしっかり自覚して隠し、世の中のことがわかればいずれは母親と一緒に暮らすこともできるに違いない。

　まあ、レラルにはこの先の選択肢がいくらでもある。

『この先どうなるかなんて、誰にもわからないものだ。だから、過去を振り返るのもいいが、前を向いて生きていって欲しいものだな』

　リューラは、自分の主とアリトを重ねているのだろうか。

『……まあ、アリトはバカだが、そこらへんは心得ているさ。あまりうじうじしていたら、俺が尻を蹴り飛ばしてやろう』

『それはいいな。……アリトの周りには、これだけアリトを想う仲間がいるのだ。もう迷うこともあるまい。主は他の落ち人に、元の世界にとらわれることなく生きてほしいと願っていた。アリトはその望み通りの姿を見せてくれて、我も感謝しているのだ』

『フン。……ああ、スノー！　この待ち時間で話したことはアリトには言うなよ！』

『アディーおじさん、何か言ってたっけ？　わたしのこと、言わないほうがいい？』

　レラルはこちらを振り返り、首を傾げる。レラルは、精霊族の話をしていた時は聞いていなかったな。

『いや、レラルは大丈夫だ。さっきのことはアリトやティンファにも言ってやれ。手紙のこともな』

『うん、わかったよ！』

『私は何も言わないの！　知るべき時が来たら、言わなくてもアリトはわかるの。だから私はただずっと一緒にいればいいの！』

……まったく。スノーはどこまでわかっているのだか。

子供でどうしようもないのは確かだが、妙に鋭いところがあるから判断に困る。

「ティンファ！　アディーおじさんが、帰りにミランの森に寄って、おかあさんへの手紙をリアーナに渡していいって！」

「あら、よかったわね、レラルちゃん。じゃあ、帰り道はあちこち寄りながら行きたいかな。エリダナの街のおばあさんにも顔を見せたいわ」

「うん！　いいよね、アディーおじさん！」

『当然だ。心配しているだろうからな』

「いいって、ティンファ！」

「ありがとうございます。では、支度ができたので、お昼にしましょうか。アリトさんを呼んでくるから、レラルちゃんたちも机で待っていてね」

「はーいっ！」

ティンファはレラルを優しく撫でると、アリトのもとへ歩いていく。

「アリトさん、お昼にしましょう。皆、待っていますよ」

肩を揺すってティンファが声を掛けた。

「ああ、もうそんな時間か。わかった、お弁当にしよう」

アリトは立ち上がると、ぐんと伸びをしてからこちらへ歩いてくる。その足元をスノーがぐるぐる回ると、頭を撫でた。

「スノーも大人しく待っていて偉いな。ご飯が終わったら少し休憩するから、その時遊ぼうな」

『うん！　お利口に待っていたの！　だからもっと撫でてなの！』

「あっ！　おねえちゃんばっかりずるいよ！」

……ふう。騒がしいな。スノーのヤツ、どこがお利口に待っていたんだか。

「お、アディーもお待たせ。いつも悪いな」

『フン。いいからさっさと読み進めろ。今はそれだけを考えるんだな』

「ふふふ。ありがとう、アディー。じゃあ、食べようか！」

煩わしいと思いもするが、一人でただ頂上を目指していた頃よりも悪くないと思える。

だから、まあ、これからもこんな日々を過ごすのだろう。

祝・定年退職!?
SYUKU・TEINENTAISYOKU!?
10歳からの異世界生活
空の雲
sorano kumo
第12回ファンタジー小説大賞特別賞受賞作!
この度、私、会社を辞めたら
異世界で10歳になっていました——

60歳で無事に定年退職した中田祐一郎。彼は職を全うした満足感に浸りながら電車に乗っているうちに……気付けば、10歳の少年となって異世界の森にいた。どうすればいいのか困惑する中、彼は冒険者バルトジャンと出会う。顔はいかついが気のいいバルトジャンは、行き場のない中田祐一郎——ユーチの保護を申し出る。この世界の知識がないユーチは、その言葉に甘えることにした。こうして始まったユーチの新生活は、優しい人々に囲まれて、想像以上に楽しい毎日になりそうで——

◉定価：本体1200円+税　◉ISBN 978-4-434-27154-0　◉Illustration：齋藤タケオ

変わり者と呼ばれた
貴族は、辺境で自由に
生きていきます
enbunbusoku
塩分不足
領民ゼロの大荒野を……
神話の魔法で
のけ者達の楽園に！
ユートピア
超サクサク
辺境開拓
ファンタジー！

変わり者と呼ばれた
貴族は、辺境で自由に
生きていきます
enbunbusoku
塩分不足
領民ゼロの大荒野を……
超サクサク
辺境開拓
ファンタジー！
神話の魔法で
のけ者達の楽園に！
アルファポリス

この作品に対する皆様のご意見・ご感想をお待ちしております。
おハガキ・お手紙は以下の宛先にお送りください。

【宛先】
〒150-6008 東京都渋谷区恵比寿4-20-3 恵比寿ガーデンプレイスタワー 8F
（株）アルファポリス　書籍感想係

メールフォームでのご意見・ご感想は右のＱＲコードから、
あるいは以下のワードで検索をかけてください。

アルファポリス　書籍の感想　検索

ご感想はこちらから

本書はWebサイト「アルファポリス」（https://www.alphapolis.co.jp/）に投稿されたものを、改題、改稿、加筆のうえ、書籍化したものです。

もふもふと異世界でスローライフを目指します！ 4

カナデ

2020年 2月 28日初版発行

編集－篠木歩
編集長－太田鉄平
発行者－梶本雄介
発行所－株式会社アルファポリス
〒150-6008 東京都渋谷区恵比寿4-20-3 恵比寿ガーデンプレイスタワー8F
TEL 03-6277-1601（営業）　03-6277-1602（編集）
URL https://www.alphapolis.co.jp/
発売元－株式会社星雲社（共同出版社・流通責任出版社）
〒112-0005東京都文京区水道1-3-30
TEL 03-3868-3275
装丁・本文イラスト－YahaKo
装丁デザイン－AFTERGLOW
印刷－図書印刷株式会社

価格はカバーに表示されてあります。
落丁乱丁の場合はアルファポリスまでご連絡ください。
送料は小社負担でお取り替えします。

ISBN978-4-434-27152-6　C0093